RICHARD M. STERN

Tod im Schnee

Wer Goldmann Kriminalromane liest,
zeigt, daß er auf Niveau achtet.

Von Richard M. Stern
sind außerdem lieferbar:

Casa Flora. (4312)
Du brauchst keinen Feind. (4320)
Manuskript für einen Mord. (4239)

RICHARD M. STERN

Tod im Schnee

DEATH IN THE SNOW

Kriminalroman

WILHELM GOLDMANN VERLAG MÜNCHEN

KRIMI VERLAG AG WOLLERAU/SCHWEIZ

Die Hauptpersonen des Romans sind:

Dr. Cassandra Enright	Anthropologin
Mark Hawley	Abgeordneter
Ben Hart	Farmer
Paul Snyder	Rauschgiftexperte
Newton Berry	Antiquitätenhändler
Sonny March	Playboy
Betty March	seine Frau
Paul Harper	Geschäftsmann
Peter Ross	Unternehmer
Mary M. McDade	Boutiquebesitzerin
Lieutenant Juan Felipe Ortiz, genannt Johnny Sergeant Tony Lopez	Kriminalbeamte

Der Roman spielt in Santo Cristo, New Mexico.

Made in Germany · I · 1112

 Umschlagfoto: Bildarchiv Marion Schweitzer. Gesetzt aus der Linotype-Garamond-Antiqua. Druck: Presse-Druck Augsburg. K 915/

KRIMI 4328 · ze/Hu

Taschenbuchausgabe ISBN 3-442-04328-X

Gebundene Ausgabe ISBN 3-442-25915-0

I

Der Chinook ist ein warmer, trockener Wind. Er kann – wie an jenem Märzmorgen – aus heiterem Himmel kommen. Die Schwarzfußindianer nennen diesen Wind ›Schneefresser‹. Ein sehr passender Name.

Im Gebirge hinter der Stadt Santo Cristo war seit Monaten oberhalb dreitausend Metern Ski und Rodeln gut bis sehr gut. Nun kamen innerhalb von Stunden aus dem Schnee Steine und Baumstümpfe zum Vorschein, und sogar kahle schwarze Flecken von Erde waren wieder zu sehen. Und noch etwas anderes tauchte auf. Pete Tomlin fand es bei einer Skipatrouille.

Pete war ein neunzehnjähriger Student und für die Semesterferien nach Hause gekommen. Er wirkte kräftig, ausgeglichen und war normalerweise nicht so leicht zu erschüttern. Aber jetzt sagte er ehrlich: »Ich bin ganz durcheinander. Zuerst hab' ich gedacht, daß es ein Stein ist oder vielleicht ein Baumstumpf.« Er schüttelte den Kopf. »Aber das war es nicht. Es war ein Schuh mit einem Fuß drin.«

Eins der Martin-Mädchen rief ungläubig: »Du hast es doch nicht angerührt!«

Pete hatte. Die Sache sah nicht nach einem Skiunfall aus, und wenn man auf Skipatrouille ist, muß man so etwas kontrollieren. »Ich kenne ihn nicht«, sagte Pete, »ich habe ihn noch nie gesehen.« Er schluckte, als er sich daran erinnerte. »Sieht aus, als hätte er den ganzen Winter dort gelegen.«

Polizeilieutenant Juan Felipe Ortiz, von seinen Freunden Johnny genannt, ließ seinen Kombiwagen unten an der Skihütte stehen, marschierte den Hang unterhalb des Skilifts hinauf, sah sich die Sache an und kam wieder zurück. Daß seine Schuhe und die Hose durchnäßt waren, schien ihn nicht zu stören.

»Bringt ihn herunter«, ordnete er an. »Ich nehme ihn mit in die Stadt.«

Dort sollte ihn Doc Easy untersuchen. Der Arzt ging schon auf die siebzig zu und stammte aus dem Flachland im Osten. In über dreitausend Metern Höhe im Schnee herumstapfen, das war nichts für ihn.

Sie hatten Rettungsschlitten für Skiunfälle. Drei Mann der Skipatrouille fuhren mit dem Lift hinauf, kamen mit einem Schlitten herunter und nahmen den Toten mit.

Johnny saß mit Pete Tomlin in einer Ecke der geräumigen Skihütte. »Sie haben ihn also gefunden?«

»Ja, Sir.«

»Haben Sie ihn bewegt?«

Pete war die Sache unangenehm, denn er hatte zwar nichts falsch gemacht, soweit er wußte, war aber noch minderjährig, und auf solchen Leuten hackten die Bullen besonders gern herum. Außerdem war Johnny Ortiz berühmt: teils Amerikaner, teils Spanier, teils Apache, und wenn er einen aus seinen dunklen Augen ansah, dann dachte man plötzlich an alte Geschichten über skalpierte Farmer und Marterpfähle auf Ameisenhaufen.

»Nein, wissen Sie, ich habe ihn nicht bewegt«, antwortete Pete, »ich habe den Schnee weggewischt. War das vielleicht falsch?«

Johnnys Miene wurde etwas weicher. »Nur so konnten Sie ja sehen, was da lag. Haben Sie etwas mitgenommen?«

»Nein, Sir.«

»Bestimmt nicht?«

»Ich hätte doch nicht ... Ich meine, verstehen Sie ...« Pete verstummte. Dann fragte er: »Warum? Fehlt denn etwas?«

»Er trägt keinen Gürtel«, sagte Johnny.

Pete schüttelte den Kopf. »Das ist mir nicht aufgefallen.«

»Und seine Hose hängt ziemlich locker.« Johnny glaubte dem Jungen, aber er mußte sich um die Fakten kümmern. »Da liegt er nun eine halbe Meile von der nächsten Straße entfernt. Glauben Sie vielleicht, er ist marschiert und hat sich die Hose mit einer Hand festgehalten?« Er winkte ab. »Sie wissen das genauso wenig wie ich.« Er hielt inne. »Und Sie kennen den Mann wirklich nicht?«

»Nein, Sir.« Pete schluckte. »Kennen Sie ihn?«

»Noch nicht«, antwortete Johnny. Er richtete sich auf, schlank und drahtig wie er war. »Danke.«

Im Skigeschäft wurden die Schneeberichte aufbewahrt. Johnny studierte sie. »Der erste stärkere Schneefall war im Dezember«, sagte er. Karl Utter, der Leiter der Skischule, pflichtete ihm bei.

»Ungefähr einen halben Meter«, sagte Karl. »Und wir erhoffen uns für Ende November immer schon anständigen Schnee.« Er sprach mit einem deutlichen Akzent. »Aber wir werden fast immer enttäuscht. Im Dezember, wenn wir Glück haben. Manchmal gibt es auch im Januar noch keinen richtigen Schnee. In diesem Jahr lag Ende Dezember eine gute Grundlage, fünfzig bis siebzig Zentimeter. Dann hat es in der ersten Januarwoche drei Tage geschneit. Seitdem ist die Auflage nie unter einen Meter gesunken. Bis dieser verdammte Chinook kam. Das ist wie bei uns der Föhn. Er bringt den Schnee nicht zum Schmelzen, sondern frißt ihn weg.«

»Ein halber Meter«, murmelte Johnny. »Genügt das, um einen Mann zuzudecken?«

Karl überlegte: »Ich glaube nicht. Er lag im Freien, da kann der Wind ungehindert dran. Es hätte sich ein Hügel gebildet.« Er schüttelte den Kopf.

»Und wenn er im Schnee gelegen hat, als dieser Schneesturm im Januar kam?«

Karl nickte. »Dann hätte man ihn bis heute nicht sehen können. Höchstens durch Zufall.«

Johnny hob die Augenbrauen. »Was für einen Zufall meinen Sie?«

»Daß zum Beispiel jemand an dieser Stelle einen bösen Sturz tut und mit den Brettern oder den Stöcken tief in den Schnee gerät.«

Daran hatte Johnny nicht einmal gedacht. Aber so war es wohl. »Da sind dann höchstwahrscheinlich seit Januar die Leute über ihn hinweggefahren?«

»Ja«, sagte Karl zustimmend.

Johnny fuhr in mittlerem Tempo den Berg hinunter. Die Leiche lag in ein Laken eingewickelt neben einer Schaufel, einer Kiste Sand und dem Abschleppseil hinten im Kombi. Wie immer war Johnnys Gewehr in der Halterung über dem Rückfenster befestigt.

Es war eine unbefestigte Straße, die im Frühjahr und Herbst hergerichtet und gelegentlich gepflügt wurde. Bergwärts fahrende Autos hatten tiefe Furchen in die Fahrbahn gerissen, über die der Wagen mit seiner Ladung nun holperte. Aber das fand Johnny nicht geschmacklos. Tote spüren nichts mehr. Geist und Seele sind fort, und was übrigbleibt, spielt nur noch insofern eine Rolle, als man etwas über die Todesart daraus erfahren kann.

Er fuhr sofort ins Krankenhaus. Die schweren Winterreifen summten auf der trockenen Straße in der Stadt. Doc Easy wartete bereits mit zwei Wärtern, um die Leiche abzuladen. »Er war unterkühlt«, sagte Johnny, »dadurch wird die Sache für Sie bestimmt nicht einfacher. Aber jede Kleinigkeit kann helfen. Seine Kleidung schicken wir hinüber zu Saul Pentland im Labor der Staatspolizei.«

»Er ist nicht für eine Klettertour im Schnee angezogen«, bemerkte der Arzt.

Das stimmte: Der Tote trug einen dunklen Anzug, gestreiftes Hemd, Krawatte, schwarze Schuhe und einen leichten Regenmantel.

»Und keinen Gürtel«, fuhr der Doc fort. Er sah, wie schlecht die Hose paßte.

Johnny nickte. »Die Hose hat von allein nicht gehalten. Und warum sitzt sie so schlecht?« Er schüttelte den Kopf. »Bis später, Doc.«

Er fuhr zurück in die Zentrale und schlenderte dann gemächlich um die Ecke zu Al Packer, auf der Plaza. Al handelte mit Indianerartikeln und hatte sich insbesondere auf Decken und Silberwaren spezialisiert.

»Ich denke an einen Schmuckgürtel«, sagte Johnny. »Silberne Schnalle und so weiter . . .«

»Was ist damit?«

»Ist das teuer?«

Al zuckte lächelnd die Achseln.

»Ich will ihn nicht kaufen«, fuhr Johnny fort. »Was kostet so etwas im höchsten Fall?«

»Vielleicht zweihundert Dollar«, antwortete Al. Johnny überlegte: Reichte das, um jemanden zu einer Gewalttat zu veranlassen? Vielleicht, vielleicht auch nicht. Aber irgendwie paßte das nicht zusammen. Der Tote trug einen seriösen Anzug, zu dem ein solcher Gürtel ohnehin nicht gepaßt hätte. »Danke, Al.« Johnny war schon auf dem Rückweg, da machte er noch einmal kehrt. »Gibt es noch andere wertvolle Gürtel?«

»Concho-Gürtel.« Al deutete auf einen, der im Schaufenster hing.

Das paßte noch weniger. Johnny schüttelte den Kopf.

»Es werden immer noch Geldkatzen hergestellt«, sagte Al. »Wenn Sie eine haben wollen, die gibt's im Bean-Katalog.«

Plötzlich zeigte Johnny seine weißen Zähne. »Na so was! Danke, Al.« Er ging ins Büro zurück und hockte sich bei Sergeant Tony Lopez auf die Schreibtischkante.

»Es geht um folgendes«, sagte Johnny und erklärte es ihm. »Wahrscheinlich hat er seit dem Schneesturm im Januar im Schnee gelegen.« Johnny zählte die einzelnen Punkte an den Fingern der Hand ab. »Gürtel fehlt, vielleicht eine Geldkatze, könnte sein, Hose zu groß. Warum? Nicht als vermißt gemeldet. Warum nicht? Er sieht wie ein Tourist aus. Wo kann er gewohnt haben? Wie kommt er ungesehen mitten auf den Skihang und warum?«

»Basta«, murmelte Tony. »Es genügt. Ich weiß es nicht.«

»Dann fang gleich damit an, das herauszufinden«, ordnete Johnny an. »Ich habe so eine Ahnung.«

Tony machte ein unglückliches Gesicht. Wenn dieser Indianer anfing, Ahnungen zu haben, dann konnte niemand wissen, wo das enden würde.

Das Telefon auf Tonys Schreibtisch läutete. Er meldete sich und reichte den Hörer an Johnny weiter. Es war Doc Easy. Seine Stimme klang hart. »Mit der Untersuchung hab' ich noch nicht einmal angefangen, mein Sohn«, sagte er. »Ich hatte zu tun. Wieder ein spanischer Junge. Überdosis Heroin.«

Nichts an Johnnys Miene veränderte sich. »Tot?«

»Tot.«

»Ich komme«, sagte Johnny nur und legte auf. Dann sah er Tony an. »Nummer drei, und wir haben keine Ahnung, wo das Zeug herkommt.«

2

Soweit man zurückdenken konnte, hatte es immer Rauschgift in Santo Cristo gegeben. Vielleicht lag das an der Nähe der mexikanischen Grenze. Sie war ein Sieb, durch das Rauschgift und Menschen hineinsickerten. Häufig bekam die Grenzpatrouille einen Hinweis und erwischte jemanden. Aber wieviel Rauschgift und wie viele Menschen ihr entgingen, konnte niemand schätzen. Auch Grenzbeamte können nicht überall gleichzeitig sein.

»Hier ist es etwas anderes«, sagte Doc Easy. »Dieses Zeug ist tödlich. Jedes arme Schwein, das sich eine Spritze davon verpaßt, ist eine Leiche.« Der sonst so freundliche Doc Easy war wütend.

»Sie haben etwas von einer Überdosis gesagt«, erinnerte ihn Johnny.

»Jede Dosis ist eine Überdosis.«

Das Opfer war ein spanisch-amerikanischer Junge, der nach seinem Führerschein zweiundzwanzig war und Ruben Martinez hieß. »Er kommt mir bekannt vor«, murmelte Johnny. »Was war es nur?« Er betrachtete sinnend den Toten, dann griff er sich an die Stirn. »Ja, natürlich: die Militärstiefel.« Er sah Doc Easy an. »Es war ein Bild von ihm in der Zeitung. Er stand im ovalen Zimmer des Weißen Hauses und bekam die Ehrenmedaille verliehen.«

»Also hat er Vietnam überlebt, um dann zu Hause zu sterben«, sagte Easy. »Eine feine Sache. Ich fang' jetzt mit dem anderen an.«

Mrs. Martinez war noch nicht ganz vierzig, sah aber älter aus als sechzig und schluchzte im Augenblick haltlos. Ein etwa sechzehnjähriges Mädchen mit einem Baby auf dem Arm und ein Priester waren bei ihr.

»Ich muß Sie einiges fragen, Padre«, begann Johnny auf spanisch. »Sie kannten den Jungen?«

»Ich habe alle Kinder gekannt. Es sind fünfzehn.« Er zeigte auf das Baby. »Luisa ist die jüngste, Ruben war der älteste.«

Leise fragte Johnny: »Sie wissen, wie er gestorben ist?«

»Ich habe nur ein Gerücht gehört.«

»Er war heroinsüchtig, Padre. Eine tödliche Dosis der Droge.«

Der Priester schwieg.

»Es ist Ihre Gemeinde«, sagte Johnny. »Wissen Sie, wer das Rauschgift liefert?«

»Das haben mich schon andere gefragt«, murmelte der Priester kopfschüttelnd.

Das Schluchzen drüben auf der anderen Seite des Raumes wurde lauter. Das Mädchen versuchte vergeblich, die kleine Schwester zu beruhigen, aber das Baby schrie.

»Es ist schon der dritte Todesfall, Padre«, sagte Johnny. »Das macht die Sache zwar nicht besser oder schlimmer, aber wenn wir den Mann nicht finden, der das Zeug verkauft, wird es weitere Tote geben.« Er machte eine Pause. »Wußten Sie, daß Ruben süchtig war?«

»Ich hatte es gehört.«

»Noch jemand von seinen Geschwistern?«

»Ich glaube nicht«, antwortete der Priester. »Ruben hatte es sich in Vietnam angewöhnt. Das war wohl bei vielen so. Was seine Geschwister betrifft ...« Er schüttelte den Kopf. »Die älteren trinken vielleicht Alkohol, kann sein, daß sie ab und zu Marihuana rauchen, aber kein Heroin. Das ist zu teuer.«

»Sie wissen das, Padre?«

»Ich hab's gehört.«

Johnny war genauso weit wie am Anfang. Er ging hinaus zu seinem Wagen. Vier halbwüchsige Jungen beobachteten ihn mit verschlossenen Mienen. Es war Johnny klar, daß es keinen Zweck gehabt hätte, mit ihnen zu reden. Er stieg ein und fuhr weg. Im Rückspiegel sah er, wie ihm die anderen nachblickten. ›Ich bin der Feind‹. Diese Worte kamen ihm unwillkürlich in den Sinn. Vor einem Jahr hätte ihn das noch nicht gestört. Jetzt war der Gedanke ein wenig schmerzlich. Das lag an Cassie, die ihn Gefühl gelehrt hatte.

Die Anthropologin Dr. Cassandra Enright saß an ihrem Schreibtisch in dem kleinen Büro des Museums. Sie war groß und schlank, milchkaffeebraun und trug als Arbeitskleidung Flanellhemd, strohgelbe Levis-Hosen und Stiefel. Auf einem kleinen Teppich zu ihren Füßen lag ein halberwachsener Collie-Mischling, sah sie voller Verehrung an und klopfte von Zeit zu Zeit mit dem Schwanz auf den Boden. Cassie hatte Besuch.

Der Mann hieß Paul Harper, wohnte noch nicht lange in der Stadt und machte einen freundlichen, angenehmen, vermögenden Eindruck. Außerdem war er ein guter Skifahrer. Er sprach mit einem leichten neuenglischen Akzent.

»Sie können die Sache auch so betrachten, Doktor«, sagte er. »Fünfundzwanzig Abschnitte, sechzehntausend Morgen, und es wächst nichts weiter als Pinien, Lärchen, Cholla und Grama-Gras.« Er hatte die Botanik gut auswendig gelernt. »Kein besonders gutes Weideland für Rinder, und für Ackerbau taugt es gar nicht.«

Gegen diese Punkte konnte Cassie nichts einwenden.

»Und in anderen Teilen des Landes«, fuhr Harper fort, »sind die Menschen zusammengedrängt wie Ölsardinen und können kaum noch atmen. Überlegen Sie nur einmal, was ein Stück Land für sie bedeuten würde – zwei oder auch fünf Morgen.«

Unten auf dem Fußboden klopfte Chico. Cassie bückte sich und kraulte ihn hinter dem Ohr, während sie im Geist rechnete. »Vier- bis fünftausend Häuser«, sagte sie. »Zwanzigtausend Menschen. Woher wollen Sie das Wasser für so viele Leute nehmen?«

Harper lächelte. »Tiefbrunnen. Wasser ist genügend da. Man muß es nur erschließen.«

Diese Hochebene war schon immer ein durstiges Land, und das Hauptproblem hieß stets: Wasser. Cassie schüttelte den Kopf. »Ich bin weder Geologin noch Hydrologin«, sagte sie, »aber ich bezweifle, daß genügend Wasser vorhanden ist. Es sei denn, der Grundwasserspiegel wird entscheidend gesenkt.«

Harper zuckte lächelnd die Achseln. »Das hat mir schon ein alter Rancher klarzumachen versucht. Er sagte, wenn seine Brunnen austrocknen und er seine Tanks für die Viehtränke nicht mehr füllen kann ...« Das Lächeln wurde heller. »Er redete wie ein Fernsehheld.«

Aber Cassie lächelte nicht. »Das war Ben Hart, und wenn er den Eindruck bekommt, daß Sie ihm sein Wasser stehlen wollen, kann er wütend werden.« Sie schüttelte den Kopf. »Ich kann Ihnen nicht helfen. Tut mir leid.«

Plötzlich wurde es still in dem kleinen Büro. Chico hob fragend den Kopf und schnüffelte. Das Schweigen wurde drükkend.

»Mir wäre es wirklich lieber, wenn Sie es sich anders überlegten, Doktor«, sagte Harper schließlich. Er lächelte jetzt nicht mehr, als er aufstand. »Denken Sie darüber nach«, fügte er hinzu und ging.

Tony Lopez sagte: »Was die Leiche am Skihang betrifft, so gibt es nirgendwo eine Vermißtenmeldung, die auf den Mann zutrifft. Falls er eine Brieftasche bei sich hatte – und wer läuft ohne herum – so ist sie fort. Wir wissen nicht ...« Er brach ab. Pete Tomlin stand mit einem Bündel in der Hand an der Tür.

»Kommen Sie herein!« rief Johnny. »Was haben Sie da?«

Der Junge trug das Bündel so vorsichtig in der Hand, als enthalte es Porzellan. Er legte es auf Tonys Schreibtisch. »Hoffentlich habe ich das richtig gemacht«, sagte er. »Wissen Sie, ich hab' nachgedacht und bin dann noch einmal zu der Stelle 'rausgefahren, wo ich ihn gefunden habe. Ich hab' mit den Skistökken im Schnee herumgestochert und dabei das hier gefunden.« Er schlug das Stück Stoff auseinander. Das Päckchen enthielt einen kurzläufigen Revolver in einem Spangenhalfter. Das Metall der Waffe war angerostet.

Tony sah das Halfter an und legte die Stirn in Falten.

»Ein Linkshänder?« fragte er Johnny. »Sonst wäre die Spange auf der falschen Seite.«

Johnny schüttelte langsam den Kopf. »Es ist ein Halfter, das man verkehrt 'rum hinter dem Hosenbund trägt, nur die Spange schaut nach außen.« Jetzt wußte er auch, warum dem Toten die Hose um die Taille so locker gesessen hatte. Wenn der Mann gewohnheitsmäßig eine Waffe bei sich trug, sah die Sache schon ganz anders aus.

»Sehr gut gemacht, vielen Dank«, sagte Johnny zu Pete. Als der Junge fort war, bat er Tony: »Schick die Kanone hinüber zu Saul Pentland. Mal sehen, was er uns darüber sagen kann.«

»Seriennummer überprüfen?« fragte Tony.

Johnny nickte. »Selbstverständlich. Aber sie wird nicht registriert sein.« Er überlegte: Der Mann, über den den ganzen Winter über die Skifahrer hinweggeglitten waren, machte immer mehr den Eindruck eines Profis, und solche Leute melden ihre Waffen nicht an. Was in aller Welt hatte ein Profi hier in Santo Cristo zu tun?

Diese Frage stellte er Cassie, nach dem Abendessen, als sie gemütlich auf dem Sofa vor dem Kaminfenster saßen. Chico döste zu Cassies Füßen.

»Soweit mir bekannt ist, gibt es bei uns organisierte Verbrecher von der Sorte nicht, die im Stadtanzug mit einem Halfter im Hosenbund herumlaufen. Was wollte er also hier? Kannst du mir das sagen, *chica?*«

Es war schmeichelhaft für Cassie, von ihm gefragt zu werden, weil sie ja wußte, daß er solche Fragen ernst meinte. Bedächtig antwortete sie: »Wenn du sicher bist, daß er nur Tourist war ...«

»Wir wissen überhaupt nichts mit Sicherheit. Aber alles deutet darauf hin, daß er nur auf der Durchreise war. Wenn er sich für längere Zeit hier aufgehalten hätte, wäre er doch irgendwo vermißt worden, nicht wahr?«

»Aber nicht von den Leuten, die ihn im Schnee begraben haben«, sagte Cassie. Ein Schauer lief ihr über den Rücken.

Johnny dachte nach, dann nickte er. »Kann sein, *chica,* aber ich wette immer noch, daß er nur durchreisen wollte.«

Chico regte sich und klopfte mit dem Schwanz auf den Boden. Johnny griff nach der weichen, feuchten Schnauze des Hundes und schüttelte sie zärtlich.

»Ein Handlungsreisender«, sagte Cassie lächelnd. »Ein Vertreter, der seine Kunden mit der Waffe in der Hand überredet, seine Waren zu kaufen.« Das war spaßhaft gemeint, aber Johnny wurde sehr nachdenklich.

»Könnte sein«, sagte er schließlich. Dann blitzten auf einmal seine weißen Zähne. »Es gibt diese Sorte von Vertretern. Sie verkaufen Schutz.« Dann war das Lächeln verschwunden. »Aber ich denke, da hätten wir etwas erfahren.«

»Ein Kurier?« fragte Cassie.

»Wie meinst du das, *chica?*«

»Ein Bote? Ich rate nur, Johnny.«

»Bleib dabei.« Er lächelte wieder. »Fantastico!«

Cassie fragte: »Sehen Gangster eigentlich immer wie Gangster aus? Auch die großen Bosse?« Sie machte eine Pause. Johnny wartete mit seiner unerschütterlichen Geduld. »Ich meine folgendes«, fuhr Cassie fort. »Sehen nicht manche von ihnen wie normale, erfolgreiche Geschäftsleute aus? Haben sie nicht Frauen und Kinder? Machen sie nicht Urlaub, vielleicht Winterurlaub? Wohnen sie in Luxushotels, fahren sie Ski?«

»Nur weiter«, ermunterte sie Johnny.

»Ich rate immer noch.«

Er nickte und wartete wieder.

»Vielleicht brachte der Tote jemandem, der hier Urlaub machte, irgendeine Nachricht. Vielleicht ...«

»Der Gürtel«, unterbrach sie Johnny. »Möglicherweise eine Geldkatze, wenn Al Packer recht hat. Aber nehmen wir an, *chica,* er war kein Vertreter und kein Bote, sondern Kassierer. Nehmen wir an, seine Aufgabe war es, herumzureisen, Geld zu kassieren oder etwas abzuliefern.«

»Was?« fragte Cassie.

»Das kann verschiedenes sein. Aktiendiebstahl ist zum Beispiel eine große Sache. Man stiehlt, sagen wir, hundert Anteile

IBM bei einer Maklerfirma. Natürlich werden die Anteile vermißt und die Seriennummern sind bekannt. Also bringt man die Aktien zu einer anderen Maklerfirma, möglichst in einer anderen Stadt, stiehlt weitere hundert Anteile IBM und legt an ihre Stelle die geklauten Aktien. Dann stimmt die Bestandsaufnahme der Maklerfirma, und niemand kümmert sich um die Seriennummern, bis die Anteile verkauft werden. Mit den hundert Aktien, deren Nummern nicht als gestohlen gemeldet sind, bekommt man einen Bankkredit, der bis zu achtzig Prozent des Nennwertes betragen kann, und zwar bar auf die Hand.« Er machte eine Pause. »Das wäre eine Sache.«

»Was sonst noch?«

Natürlich dachte er an Mrs. Martinez und ihre fünfzehn Kinder, von denen Ruben, der älteste, jetzt tot im Krankenhaus lag. »Rauschgift«, sagte er. »Liefern und kassieren sind manchmal getrennte Vorgänge. Das würde Geldgürtel und Revolver erklären.« Plötzlich lächelte er. »Natürlich raten wir nur, *chica.* Morgen kümmern wir uns darum. Jetzt habe ich etwas anderes im Sinn.«

»Ja?«

Johnny lächelte sie an. *»Guapa«*, sagte er, »im Augenblick möchte ich viel lieber etwas ganz anderes tun, als mir über einen Toten den Kopf zerbrechen.«

Cassie lächelte zurück. »Willst du mir nicht zeigen, wie du dir das vorstellst?«

3

Der unbekannte Tote vom Skihang stand in der Lokalzeitung natürlich auf der Titelseite. Weit hinten neben dem Kreuzworträtsel war eine kleine Anzeige zu finden, daß für Ruben Martinez, den beliebten Sohn von Carlos und Juanita Martinez, Carmino Real Nummer 521, ein Seelenamt abgehalten würde.

»Weder über den Mann noch über die Waffe ist etwas bekannt«, berichtete Tony Lopez und sah Johnny ins Gesicht. »Hast du noch mehr solche Visionen?«

»Er war vermutlich irgendwann im Januar hier«, murmelte Johnny. »Wenn er mit dem Wagen gekommen ist – wo ist dieser dann geblieben? Wenn er mit dem Flugzeug kam, muß er irgendwie vom Flughafen in die Stadt gekommen sein. Mit einem Taxi? Wo hat er gewohnt? Ist sein Gepäck noch vorhanden? Im Schnee hatte er es nämlich nicht bei sich.«

Tony nickte seufzend. »Ich weiß.«

Doc Easy sagte: »Jemand hat ihn mit einem Messer getötet, und dieser Jemand war kein Amateur.« Er berührte seinen Nakken. »Dicht unter dem Schädelhöcker in die Wirbelsäule. Das ist schnell und schmerzlos. Genickschuß nannte man früher diese Methode. Dann lag er für einige Zeit auf der Seite ...«

»Im Schnee hat er auf dem Rücken gelegen«, sagte Johnny.

»Das kann ich nicht ändern, mein Sohn. Nach seinem Tod lag er für einige Zeit auf der Seite. Leichenflecken lügen nicht.«

»War es ein kleines Messer?« fragte Johnny.

Doc Easy nickte.

»Ein Eispickel? Das war doch recht beliebt?«

»Vor Ihrer Zeit, mein Sohn.«

»Ich hab' davon gehört«, sagte Johnny. »Die Mord GmbH arbeitete besonders gern mit Eispickel.« Die Sache gefiel ihm immer weniger, weil es ein Mord war, den ein Profi an einem Profi begangen hatte. Etwas ganz anderes als die Verbrechen aus Wut oder Leidenschaft, wie sie in Santo Cristo normalerweise vorkamen.

Im Polizeilabor sagte Saul Pentland: »Der Maßanzug stammt von einem Schneider, ist handgenäht und trägt kein Etikett. Der Regenmantel ist von der Marke ›Aligator‹ und wird überall verkauft. Seine Armbanduhr lief noch und war genau. Eine elektrische Uhr mit Batterie. Man muß sie nur einmal im Jahr auswechseln.« Saul war ein kräftiger Bursche, früher Verteidiger in einem Rugby-Team. In seinem weißen Mantel sah er aus wie ein Eisbär. »Wo ist sein Gürtel?«

»Das wüßten wir auch gern.«

»Ich kann euch nicht viel weiterhelfen«, sagte Saul. »Seine Schuhe ...« Er zuckte die Achseln. »Florsheim, gute Qualität,

Größe neun B. Nach drei Monaten im Schnee kann man mit den Sohlen nicht mehr viel anfangen.«

»Und der Revolver?«

»Kaliber achtunddreißig, fünfschüssig, mit zwei Zoll langem Lauf.« Saul hielt inne. »Mit sechzehn Unzen ist das ungefähr der kleinste Achtunddreißiger, der in unserem Land hergestellt wird. Viele Polizisten tragen ihn außer Dienst. Mit der Waffe ist nicht geschossen worden.«

Johnny dachte an den Eispickel oder das Messer und murmelte: »Dazu hatte er keine Gelegenheit mehr.«

Die Stadt Santo Cristo lag am Fuß des Gebirges in einer Höhe von über zweitausend Metern. In dieser Höhenlage wachsen Lärche und Pinie zusammen mit Kaktus, Apachenpflaume und dem überall vorhandenen Grama-Gras. An feuchten Stellen gedeihen auch Cottonwoods.

Die trockene Höhenluft war wie Balsam, und in früheren Jahren hatte das Lungensanatorium Tuberkulosekranke von weit her angelockt. Genau wie das Sporthotel ›Lodge‹ wegen des Klimas und der Ruhe berühmt war. Heute war das Sanatorium ein Kloster, und das ›Lodge‹ lockte im Winter die Gäste mit Skifahren, im Sommer mit Reiten, Tennis und Schwimmen.

An diesem Nachmittag stattete Tony Lopez dem Hotel ›Lodge‹ einen Routinebesuch ab und trug ein Bild des Toten bei sich, auf dem man deutlich sah, wie entstellt der Mann war. Sam Christopher, der Geschäftsführer des Hotels, betrachtete das Bild mit Widerwillen.

»So angezogen?« fragte Sam. »Oben im Schnee, das ist doch verrückt.«

Dem pflichtete Tony bei. »Erkennen Sie ihn?«

Sam schüttelte den Kopf. »Er war nicht Gast bei uns.« Herausfordernd fügte er hinzu. »Oder hat das jemand behauptet?«

Tony seufzte. Vielleicht zeigte sich Sam deshalb so feindselig, weil Tony einen guten Kopf größer war als er. »Niemand hat etwas über Ihr Hotel gesagt, Mr. Christopher. Aber ich überprüfe jedes Haus, in dem er gewohnt haben könnte, und auf dieser Liste steht auch Ihr Hotel.«

»Wir haben keine Gäste, die sich draußen auf Skihängen umbringen lassen. Wir sind ein ruhiges Familienhotel.«

Hinter einem schwarzen, schmiedeeisernen Gitter sah Tony die Kellner, wie sie leise und flink die Tische deckten. »Vielleicht war er zum Essen hier«, sagte er.

»Nein«, antwortete Sam Christopher.

Sein Ton gefiel Tony nicht. »Woher wollen Sie das so genau wissen?« fragte er. »Sehen Sie sich denn jeden Gast an, der hereinkommt, um vielleicht ein Glas zu trinken? Und sind Sie den ganzen Tag persönlich hier?«

Sam Christopher holte tief Luft und schwoll an. »Hören Sie ...«

»Nein«, unterbrach ihn Tony. »Sie hören jetzt zu. Es geht hier um einen Mord, und ich werde Ihr Personal fragen, ob sich jemand an diesen Mann erinnert.«

Er öffnete die Tür neben dem schmiedeeisernen Gitter und betrat den Speisesaal. Sam Christopher trottete ihm nach.

Natürlich versprach er sich nicht viel davon, aber später sagte er zu Johnny: »Irgendwo mußte er ja essen, und das ›Lodge‹ hat vielleicht die beste Küche in der ganzen Stadt. Einer der Kellner hat sich an ihn erinnert. Und weißt du warum?«

Tony rümpfte die Nase. »Wegen des Getränks, das er bestellt hat: Dubonnet und Tonic. Hast du schon einmal so etwas gehört?«

Johnny verneinte. Es war wirklich ein ungewöhnliches Getränk. »Aber er wohnte nicht im ›Lodge‹?« fragte er.

»Er war nur einmal zum Essen da.«

»Allein?«

»Als Gast von Mr. und Mrs. Sonny March. Die beiden machen jeden Winter im ›Lodge‹ Urlaub. Sie sind vor zwei Wochen abgereist.« Tony zuckte die Achseln. »Jetzt schwimmen sie irgendwo in der Karibischen See.«

Der Chinook hörte zwar auf, aber der Schaden blieb: die Skisaison war vorbei. Niemand wußte ganz genau, wie und wann sich diese Veränderung vollzog, aber sie wiederholte sich jedes

Jahr – Lifts und Hänge waren plötzlich verlassen, die Tennisplätze in der Stadt hatten ebenso plötzlich Hochbetrieb.

Ein paar Unentwegte gab es natürlich, die den Wandel nicht wahr haben wollten und die mühsam in Regionen oberhalb der Baumgrenze hinaufkletterten, wo der Schnee noch ausreichte. Aber im großen und ganzen hatte sich Santo Cristo vom Winter auf den nahenden Sommer umgestellt.

»Picknicks, *chica*«, sagte Johnny zu Cassie, und zu ihren Füßen klopfte Chico mit dem Schwanz auf den Boden.

Der Stimmungsumschwung war ganz allgemein. Der alte Ben Hart fragte am Telefon den Abgeordneten Mark Hawley: »Wie lang ist es eigentlich her, daß jemand ein anständiges Spießbraten veranstaltet hat?«

Mark Hawley überlegte: »Der Teufel soll mich holen, wenn ich's noch weiß.« Beide Männer waren weit über siebzig, und an einem so schönen Spätfrühlingstag meldete sich die Nostalgie. »Aber das wäre eine Idee. In Texas gibt's einen Laden, der so etwas veranstaltet.«

Ben Hart schnaubte. »Herr Gott, ist's schon soweit gekommen. Können wir nicht einmal selbst mehr braten? Ich lasse ein paar Ölfässer in die Hälfte schneiden, fülle sie mit Holzkohle und schlachte ein paar Stiere, rühre die Sauce an und los geht's! Wie wär's?«

Der Abgeordnete lächelte.

Es war noch gar nicht so lange her, daß die große, weite und manchmal auch wilde Welt noch jung gewesen war und er zusammen mit Ben manchmal viel Staub aufwirbelte. Angenehme Erinnerungen. »Ich kümmere mich um die Sauce, wieviel Liter brauchen wir? Wieviel Leute kommen? Zweihundert, dreihundert?«

Ben knurrte nach kurzem Überlegen. »So ungefähr.«

»Tortillias«, schlug der Abgeordnete vor. »Bohnen, Bier, Kaffee, vier, fünf Kisten Whisky . . .« Seine Begeisterung nahm zu. »Alter Junge! Warum ist dir der Gedanke nicht schon längst gekommen?«

»Weil wir so verdammt zivilisiert geworden sind«, antwortete Ben. »Vielleicht auch Kalbfleisch und *cabrito*.«

»Apfelkuchen«, fügte der Abgeordnete hinzu. »Wild geht nicht, die Jagd ist zu Ende.« Es folgte eine vielsagende Pause. »Na ja, man kann sich ja immer noch mit Notwehr herausreden.«

Ben war Besitzer von etwa vierzigtausend Morgen Hochebene mit genügend Grama-Gras und Wasser. Weitere zehntausend Morgen hatte er dazugepachtet. Seine Ranch, von der Rindersperre an der Hauptstraße acht Meilen entfernt, war ein zweistöckiges Gebäude aus einem Meter dicken Adobemauern mit riesigen Fenstern zu den fernen Bergen hin. Ben war ein gewaltiger Bär von einem Mann, er trug für gewöhnlich Jeans und Stiefel, dazu im Sommer ein Baumwollhemd, im Winter eins aus Wolle, die Ärmel an den muskulösen Unterarmen ein Stück hochgerollt. Wenn er in die Stadt fuhr, was nicht häufig vorkam, benutzte er ein Monstrum von einem Cadillac, das jeder Polizist im County kannte.

An diesem strahlenden Tag fuhr er wieder in die Stadt, fand sogar einen Parkplatz, der für den Cadillac groß genug war, und suchte Cassie im Museum auf. Er mochte sie besonders gern, weil er an ihr die Mischung aus Weiblichkeit und scharfem Verstand bewunderte. In ihrem kleinen Büro nahm er Platz und zupfte Chico zärtlich am Ohr. »Es geht um einen geschniegelten Kerl namens Harper«, begann er. »Haben Sie ihn gesehen?«

Cassie berichtete von Harpers Besuch.

»Steckt viel Geld dahinter«, sagte Ben. »Das ist klar. Und ewig kann das Land nicht so bleiben, wie es ist. Auch das ist klar.«

Cassie lächelte. Sie mochte den alten Mann, der eigentlich einen Anachronismus darstellte, sehr gern, diesen Pionier, der immer noch mit seinen Fäusten umzugehen verstand. Bei diesen Gedanken fiel ihr die Geschichte des Landes ein.

»Soviel wir wissen, haben zuerst die Indianer in den Ruinen gelebt, die wir gerade ausgraben – im Grand Canyon und am Rand des Arroyo Hondo. Dann folgten die Klippenbewohner – Wandelier Mesa Verde. Als nächstes kamen die Pueblo-Indianer, dann die Invasion der Navacho-Apachen. Schließlich herrschten die Spanier, die Mexikaner und für einige Zeit sogar die Texaner.« Sie machte eine Pause. »Nun kam die erste Welle der Anglos. Nun rollen immer mehr Anglos aus dem Osten heran.« Sie lächelte ein wenig traurig. »Das ist der Fortschritt, Ben.«

»Es gab mal eine Zeit«, sagte Ben, »da mußte sich ein Bursche wie dieser Harper ordentlich benehmen, oder er wurde wieder dahin zurückgeschickt, wo er herkam, manchmal in einer Kiste. Aber heute ist wohl alles anders geworden.« Er winkte ab. »Weshalb ich hergekommen bin – abgesehen von dem Vergnügen, Sie mal wiederzusehen –, ist ein Spießbratenfest, zu dem ich Sie und Johnny einladen möchte.« Er stemmte sich von seinem Stuhl hoch und sah eine Weile nachdenklich auf das Mädchen herab. Aber dann sagte er doch nur: »Bis bald.«

Cassie blickte seinem breiten Rücken nach und überlegte, was er wohl hatte sagen wollen.

Ben trat auf die Plaza hinaus. Hier trieben sich immer Touristen herum. Ben war es gleichgültig. In gewisser Weise war er sogar stolz darauf, daß andere kamen, um sein Land zu sehen, seine Stadt, nur anständig benehmen mußten sie sich. Manche der weiblichen Touristen – nicht alle, aber doch einige – waren ganz niedlich anzusehen, mit ihren runden Hintern und den hüpfenden Brüsten. Ein harmloses Vergnügen für einen alternden Mann. Er ging weiter zum Verwaltungsgebäude, wo Mark Hawley sein Büro hatte.

Mark war zu Hause. Er stand auf, schenkte in zwei Gläser seinen hervorragenden Bourbon ein und schloß die Tür, bevor er wieder an seinem Schreibtisch Platz nahm.

»Ich hab' nachgedacht«, sagte er. »Willst du das ganze Theater aus purer Herzensgüte veranstalten?«

Selbst in jener Zeit, als Ben und Hawley noch ihre inzwischen historisch gewordenen Reden austrugen, war Ben immer bereit gewesen, dem Abgeordneten Klugheit und Scharfsinn zuzubilligen. »Nicht ganz«, antwortete Ben. Er trank einen Schluck Whisky, der ihm viel besser schmeckte als guter Wein.

»Dachte ich mir«, knurrte Hawley. »Du bist ein gerissener Schweinehund. Was hast du vor?«

Ben erzählte es ihm, und Hawley hörte schweigend zu. Als Ben fertig war, sagte der Abgeordnete: »Unter uns gesagt, muß ich dir recht geben. Ich glaube nicht, daß genug Wasser für die vielen Menschen da ist, von denen Harper spricht, aber selbst wenn wir das Wasser hätten, möchte ich nicht, daß es hier ringsherum so zersiedelt wird wie die Umgebung von Großstädten.« Er holte die Flasche aus dem Schrank. »Andererseits«, fuhr er fort, »darf man sich auch nicht unvernünftig gegen den Fortschritt stemmen.«

Ben nickte. »Dachte mir, daß du das sagen wirst.«

»Gott verdammt, was soll ich . . .«

»Reg dich nicht künstlich auf«, unterbrach ihn Ben ganz gemütlich. »Ich will von dir ja nur eine Liste von Leuten, Abgeordnete, Staatsbeamte, Männer mit Einfluß und so weiter.« Er goß sich einen neuen Drink ein.

»Dann fütterst du sie mit Spießbraten und Bohnen und machst sie mit Whisky weich.« Er nickte.

»Paßt dir das nicht?« fragte Ben immer noch ein wenig amüsiert. »Soweit ich mich erinnere, hast du doch auf diese Weise die Wahl gewonnen, indem du von einer Versammlung zur anderen gefahren bist, Babys geküßt hast, die Frauen gezwickt und mit den Männern gesoffen hast.«

Das stimmte. »Nein, daran ist nichts auszusetzen«, sagte Hawley. Es ärgerte ihn, daß man heutzutage in eine Fernsehlinse redete und nicht mehr zu den Leuten. Er seufzte. »Ich werde Bessie sagen, daß sie eine Liste zusammenstellt. Du kennst sie ohnehin alle, aber vielleicht können wir beim Sortieren helfen. Du machst das ganz richtig«, fügte er hinzu. »Wenn du Harper und seine großen Rosinen auf diese Weise bekämpfst. Aber was geschieht, wenn du nicht mit ihm fertig wirst, wenn die Planungskommission und die Abgeordneten nur sehen, daß der Bodenwert steigt, das Geschäft sich belebt, die Leute hier mehr Geld ausgeben – ohne an das Land zu denken, an den Grundwasserspiegel?«

»Wenn er Tiefbrunnen bohrt«, sagte Ben, »und wenn meine Brunnen austrocknen, wenn ich meine Tanks nicht mehr füllen kann . . .« Er schüttelte bedächtig den Kopf. »Dann werden dieser Harper und ich aneinandergeraten, und einen von uns beiden kostet es den Skalp.«

Hawley glaubte es ihm. Er war auch ganz seiner Meinung. »Gieß dir noch einen ein«, sagte er. »Hast du sonst noch etwas?«

»Cassie.« Eine längere Pause. »Und Johnny.«

»Was ist mit denen?«

»Warum heiraten sie nicht?«

»Frag sie doch selbst.«

Ben nickte. »Vorhin bei Cassie war ich drauf und dran, aber ich hab's nicht getan.«

»Weil du nicht aufdringlich sein willst. Sie werden es schon richtig machen. Vielleicht heiraten sie, vielleicht auch nicht.« Der Abgeordnete lehnte sich zurück. »Weißt du, was sie mir einmal gesagt hat? Ich hab's nie vergessen. Sie sagte, sie sei nichts anderes als eine Schwarze mit dem Körper einer Go-Go-Tänzerin, den Kopf vollgestopft mit anthropologischem Wissen; wo in aller Welt sollte sie da einen Mann finden, der das ernst nimmt.«

Ben seufzte und griff nach der Flasche. »Auch Johnny hat's schwer – mit uns Anglos, stimmt's?«

»Das hab' ich nie abgestritten«, knurrte der Anglo.

4

Auf dem Schild neben der Straße stand zu lesen: ›Kunst-Boutique‹. In der Ecke war mit kleinen Buchstaben aufgedruckt: ›Nur nach Vereinbarung‹. Es hätte noch darunterstehen können: ›Inh.: Newton Berry‹. Wenn man sonst diesen Laden betrat, wurde man schon an der Tür von Weihrauch empfangen. An diesem Morgen kam noch ein anderer Geruch hinzu: der beizende Gestank einer Explosion. Die Fenster waren zerschmettert und im Laden selbst herrschte ein heilloses Durcheinander von kostbaren Einzelstücken, die hier angeboten wurden: indianisches Flechtwerk, ein Totempfahl aus Alaska, Tanzmasken aus Afrika, burmesischer Bernstein, chinesische Jade, koptische Kunst aus Äthiopien, französische Kupfergefäße, deutsche Bierkrüge, Baumwollstoffe aus Guatemala, Specksteinschnitzereien von der Baffin Bay.

Berry, von der Polizei telefonisch herbeigerufen, starrte die Trümmer an und hätte am liebsten geweint. Er war über fünfzig, schlank und agil, trug ordentlich gebügelte, erstklassig geschnittene Gabardinehosen, ein Sporthemd und leichte Halbschuhe. Mit zitternden Händen holte er eine Zigarette aus der Packung, steckte sie in die Jadespitze und zündete sie an. »Ich versteh' das nicht!« jammerte er. »Ich versteh's einfach nicht.«

Jim Ball, Elektriker und stellvertretender Hauptmann der Freiwilligen Feuerwehr, stiefelte vorsichtig über die Trümmer hinweg. »Das Zentrum der Explosion lag da drüben«, sagte er und deutete in den Hintergrund des Ladens.

»Aber wie?« fragte Berry. »Wie sind sie hereingekommen?« Dann wiederholte er: »Ich versteh's einfach nicht!«

»Das Wie ist leicht zu beantworten«, sagte Ball. »Sie haben den Sprengkörper durch den Schornstein heruntergeworfen. Das Warum muß jemand anderer beantworten.« Er sah auf die Uhr. »Ich muß zur Arbeit«, sagte er und ging hinaus zu seinem Wagen.

Tony Lopez hockte sich auf Johnnys Schreibtisch. »So ein Mist«, schimpfte er. »Berry bricht gleich in Tränen aus. Man kann's ihm nicht einmal verübeln, er liebt seinen Kram nun mal.« Er überlegte. »Halbwüchsige?«

»Glaube ich nicht«, antwortete Johnny. Es klang sehr überzeugt.

»Berry behauptet, keine Ahnung zu haben, warum es geschehen sein könnte«, sagte Tony.

»Dann soll er sich schleunigst darüber Gedanken machen.« Pause. »Er wird schon dahinterkommen. Ein Telefonanruf?« Er schüttelte den Kopf. »Sie müssen annehmen, daß der Apparat nicht mehr funktioniert. Wahrscheinlich ist er ohnehin außer Betrieb.«

Tony wollte dazu etwas sagen, aber dann klappte er den Mund wieder zu. Manchmal erschien ihm dieser Johnny Ortiz als eine Art ›Brujo‹ oder Hexer, der mehr Dinge sieht als ein normaler Mensch. Er wartete.

»Hat er ein Postfach?« fragte Johnny plötzlich.

»Es gibt so vieles, was ich nicht weiß, mein Freund«, antwortete Tony. »Das gehört zum Beispiel dazu.«

»Dann stelle es fest.« Als Kriminalist muß man sich natürlich in die Lage des Verbrechers hineindenken. Johnny sagte sich, daß es an der Zeit war, profimäßig zu denken. Er fuhr fort: »Und wenn er ein Postfach besitzt, sieh dir die heutige Post an. Dort sollte die Antwort zu finden sein.«

So war es auch. Die Anschrift auf dem Umschlag und auch der Text waren in Blockbuchstaben mit Hilfe einer Schablone geschrieben. Die Mitteilung war kurz: DAS WAR NUR EINE WARNUNG.

In Johnnys Büro schüttelte Berry ungläubig den Kopf. »Ich versteh's ganz einfach nicht. Wovor soll ich gewarnt werden?« Seine Hände zitterten, als er sich eine Zigarette anzünden wollte. Durch die Rauchwolke hindurch betrachtete er Johnnys Gesicht. Als sensibler Mann empfand er die harten indianischen Züge und die zornigen Augen nicht als sehr ermutigend.

»Irgend jemandem paßt etwas nicht, was Sie tun«, sagte Johnny. »Aber worum könnte es sich handeln?«

»Meine armen *cosas*«, klagte Berry. »Wie kann jemand daran Anstoß nehmen?«

»Ich glaube nicht, daß es um Ihre armen *cosas* geht.«

»Was dann?« Berry machte eine hilflose Handbewegung. Selbst in dieser Situation versuchte er noch einen kleinen Scherz. »Es wird doch wohl niemand annehmen, ich hätte es mit seiner Frau getrieben, Lieutenant?«

Darin gab ihm Johnny insgeheim recht. Er konnte sich diesen Berry auch in keiner anderen Rolle vorstellen, die einen solchen Vergeltungsschlag gerechtfertigt hätte. Aber die Bombe war nun mal explodiert.

»Denken Sie angestrengt darüber nach«, riet ihm Johnny. »Wenn Sie nämlich nicht dahinterkommen, was jemanden stören könnte, und Sie tun es einfach weiter, könnten das nächstemal nicht nur Ihre armen *cosas* zu Schaden kommen.«

Berry bebte und schloß die Augen. »Mir ist schon der Gedanke an jede Gewalt zuwider, Lieutenant.«

»Dann strengen Sie mal Ihren Grips an!«

Nachdem Berry in seinen Laden gegangen war, um das Chaos aufzuräumen, hockte sich Tony auf Johnnys Tischkante. »Ist das denn noch logisch?« fragte er.

»Doch, sehr. Die Arbeit von Profis. Sie waren ihrer Sache so sicher, daß sie gestern schon die Warnung per Post aufgaben, ohne abzuwarten, ob die Bombe explodieren würde.«

Tony überlegte. Dann nickte er. Wenn man es erklärt bekam, erschien alles so sonnenklar, daß Tony sich um so mehr darüber ärgerte, nicht selbst daraufgekommen zu sein. Aber da waren noch andere Dinge, die er ebensowenig begriff. »Weiter«, verlangte er.

»Profis strengen sich nicht nur aus Spaß und Tollerei an.«

Auch das stimmte. »Vielleicht ist ihnen ein Irrtum unterlaufen.«

»Wie kann man Berry oder seinen Laden verwechseln? Er und seine *cosas* sind in Santo Cristo einmalig.«

Auch richtig. »Berry lügt«, fuhr Johnny fort. »Er weiß ganz genau, was es ist, das jemandem nicht in den Kram paßt. Und er macht sich vor Angst in die Hose. Das kann ich ihm noch nicht einmal verübeln.«

Tony Lopez war ein gründlicher Mensch, der sich nicht so leicht beirren ließ. Er kontrollierte die Motels an der Autostraße, die drei Hotels und zwei der vier Motels im Stadtbereich, ehe er fündig wurde. Im ›Mid-Towner Motor Hotel‹ – Einzelzimmer 14–18 Dollar pro Nacht – erkannte der Mann am Empfang den Toten nach dem Foto, aber der Hotelbesitzer verneinte, und sein Angestellter überlegte es sich prompt anders.

Tony seufzte. »Na schön, gehen wir. Alle beide.«

Der Geschäftsführer und Besitzer hieß Bert Walker, kleidete sich flott und drehte beim Gehen die Zehen nach außen. »Ich habe viel zu tun, Sergeant«, sagte er mit einem Lächeln, das sonst für unbedeutende Zufallsgäste reserviert war.

»Sie können freiwillig mitkommen, wenn Sie wollen«, sagte

Tony. »Oder ich lege Ihnen Handschellen an und nehme Sie gewaltsam mit.« Er fixierte Walker und hielt ihm das Foto unter die Nase.

»Augenblick!« rief Walker. »Ich bin mit dem Bürgermeister gut befreundet . . .« Er schluckte krampfhaft. »Gehen wir in mein Büro. Sicher läßt sich dieses – hm – Mißverständnis bereinigen.« Er lächelte nun nicht mehr.

»Sie auch«, sagte Tony zum Empfangschef.

Walker wagte keinen Widerspruch mehr.

»Ich kapiere das nicht«, sagte Tony später zu Johnny. »Der Kerl hat es sich noch einmal anders überlegt und sogar einen Namen genannt: Walter Wilson aus New York. Dann erinnerte sich plötzlich auch Walker: Ja, richtig, dieser Wilson hat bei uns gewohnt! Aber das Mädchen in der Buchhaltung konnte seine Kontenkarte nicht finden.«

Johnny überlegte eine Weile, dann fragte er: »Und was ist mit seinem Gepäck?«

Tony zuckte vielsagend die Achseln. »Vielleicht hat Wilson das Hotel mitsamt seinem Gepäck verlassen. Es gibt keine Aufzeichungen darüber.«

Johnny schüttelte den Kopf. »Irgendwo müßte es ja aufgetaucht sein: Auf dem Flugplatz oder im Omnibusbahnhof. Walter Wilson aus New York. Das sagt gar nichts.«

»Er trank Dubonnet mit Tonicwasser.« Tony erschrak. »*Dios*! Nicht schon wieder!«

»Vielleicht erinnert sich der Barmixer im Mid-Towner«, sagte Johnny. »Notfalls suchst du sämtliche Bars in der Stadt auf.«

»Das habe ich bereits«, sagte Tony.

Cassie half ihnen schließlich auf die Sprünge. Sie sagte zu Johnny: »Im Museum tauchen immer wieder alte Fotos auf. Manchmal erkennen wir die abgebildeten Gebäude und Leute, manchmal nicht. Wenn die Sache wichtig ist, wenn zum Beispiel zwei oder drei namentlich unbekannte Fremde um einen Gouverneur herumstehen, geben wir das Foto der Zeitung. Die veröffentlicht es mit der Bitte um Mithilfe der Leser.«

»Ganz einfach«, staunte Johnny. »Warum ist uns das nicht selbst eingefallen?« Diesmal ging es ihm so wie sonst Tony Lopez.

»Manchmal kommt dabei Erstaunliches heraus«, bemerkte Cassie.

Die Überraschung erschien in der nicht zu übersehenden Gestalt von Miss Mary Margaret McDade, Inhaberin einer Boutique im Einkaufszentrum ›Sol y Lomas‹. Sie rauschte in Johnnys Büro und schwenkte die Zeitung mit dem Foto wie eine Keule. »Sie wollen etwas über diesen Mann wissen? Das kann ich Ihnen sagen, o ja!« Sie klemmte ihr massiges Hinterteil auf den Besucherstuhl. »Wundert mich nicht, daß es ihn erwischt hat. Er hat's wirklich verdient. Nur erstaunlich, daß nicht schon mehr passiert ist – wegen dieser Schweinerei.«

Was für eine Schweinerei sie denn meine.

»Na, dieses – dieses sogenannte Kunst-Theater! Kunst – pah! Filme von nackten Frauen und auch Männern, die Sachen machen – das spottet jeder Beschreibung.«

Johnny fragte sich, woher Miss McDade so gut darüber informiert war, was auf der Minileinwand des örtlichen Sex-Kintopps geboten wurde, aber er verkniff sich diese Frage. »Was hatte der Mann mit dem Kino zu tun?«

»Ich habe gesehen, wie er hingegangen ist. Nicht einmal, sondern vier- bis fünfmal, mitten am hellen Nachmittag. An einem Tag war er zweimal da, als ob er nicht genug kriegen könnte.« Sie schnaufte empört.

»Kannten Sie den Mann?«

»Natürlich nicht!« Kurze Pause. »Aber Sie würden staunen, sage ich Ihnen, wenn ich Ihnen die Namen von prominenten Männern sagte, die ich dort gesehen habe. Staunen würden Sie! Wenn ihre Frauen das wüßten ...« Miss McDade schüttelte den Kopf über so viel männliche Hinterlist.

Johnny ging behutsam vor, um ihre selbstgerechte Empörung nicht zu dämpfen. »Wie sind Sie denn auf diesen Mann aufmerksam geworden, Miss McDade?« Später sagte er sich, daß er auf die Antwort selbst hätte kommen müssen.

Es stellte sich heraus, daß Miss McDades Hauptbeschäftigung

– wenn sie nicht gerade einen ihrer seltenen Kunden bediente – darin bestand, zu beobachten, wer das Sexkino aufsuchte. »Nein, nicht die Armen und die braven Arbeiter, die wissen Besseres mit ihrem Geld anzufangen, und sie lassen es auch nicht in Kneipen. Ordentlich gekleidete Männer sind es, die in einem so schmutzigen Loch absolut nichts zu suchen haben, absolut nichts! Ich beobachtete sie, diese geilen Böcke. Auch dieser Kerl sah ordentlich aus, wie ein anständiger Bürger, aber ich frage Sie: Was hat ein solcher Mann immer wieder an einem solchen Ort zu suchen?«

»Das weiß ich nicht, Miss McDade«, antwortete Johnny. »Aber ich werde mich erkundigen.« Er konnte es sich einfach nicht verkneifen, mit ernster Miene hinzuzufügen: »Sollten Sie mich dieses Kino betreten sehen, wird es in dienstlichem Auftrag sein.«

»Das will ich auch hoffen.« Sie stemmte sich von dem Stuhl hoch.

Auch Johnny erhob sich. »Vielen Dank für Ihre Auskunft.«

»Es war meine Pflicht, meine selbstverständliche Pflicht als anständige Bürgerin.« Wie sie den Korridor entlangsegelte, erinnerte sie Johnny lebhaft an eine Fregatte.

Johnny ging zu Tony und klemmte sich auf dessen Schreibtischkante. »Was wissen wir über das Sexkino?«

Tony feixte. »Dort zeigen sie Filme von unbekleideten Mädchen, Amigo, die Dinge tun, die meiner Mama gar nicht recht wären.« Er dachte nach. »Daß ich vorhanden bin, scheint aber andererseits darauf hinzudeuten, daß meine Mama auf diesem Gebiet nicht ganz unwissend war, oder?«

»Das gilt auch für Miss Mary Margaret McDade«, sagte Johnny. Er berichtete.

Tony seufzte. Seine Meinung von der Menschheit war nicht sonderlich hoch. »Die einen amüsieren sich so, die anderen eben anders. Ich bin mehr für das Echte. Bilder regen mich nicht auf.«

Die Sache gefiel Johnny trotzdem nicht. Die verborgene Waffe, der fehlende Gürtel, in dem vielleicht Geld gesteckt hatte ... »Nein«, sagte er. »Dieser Wilson war ein ausgekochter

Profi. Solche Leute verplempern nicht ihre Zeit mit Pornofilmen. Er ...« Plötzlich brach er ab und hob die Augenbrauen.

»Wieder eine Vision, Amigo?« fragte Tony leise.

Johnny sagte bedächtig: »Nehmen wir einmal an, du willst dich mit jemandem treffen, möchtest aber nicht mit ihm gesehen werden. Wo verabredet ihr euch?«

Tony winkte ab. »In einer dunklen Straße, in einem geparkten Auto. Abends.« Er hielt inne und nickte. »Oder in einem Pornokino, wo es finster ist und wo keiner Zeit hat, die anderen Leute zu beachten. Damit wäre doch erklärt, warum er an einem Nachmittag zweimal dort war?«

»Ja.« Johnny schwieg ein paar Sekunden. »Damit wäre auch noch etwas anderes erklärt.« Die Sache war vielleicht an den Haaren herbeigezogen, aber auf grausige Weise logisch. »Wie ist er umgekommen? Durch ein Messer oder vielleicht einen Eispikkel in die Wirbelsäule.« Er sah auf Tony herab. »Verstehst du nicht? Man muß genau zwischen den Wirbeln treffen. Nicht einfach. Trifft man auf Knochen, ist die Chance vorbei. Das ist nicht wie ein Messer zwischen die Rippen oder über die Gurgel.«

Tony kapierte und sagte nur leise: *»Madre de Dios!«*

»Ja«, sagte Johnny. »Das Opfer muß dabei vollkommen stillsitzen. Vielleicht in einem Kino, angeblich auf die Leinwand konzentriert. Man weiß, der Mann ist dort, weil man sich verabredet hat.« Er stand auf. »Los, besuchen wir das Sexkino.«

5

Paul Harper fuhr langsamer als gewöhnlich zum Sporthotel ›Lodge‹ hinaus. Er war nicht gerade ein ängstlicher Mann, aber wenn er, wie jetzt, zitiert wurde, pflegte er ausführlich darüber nachzudenken, wie seine Chancen standen. Im Augenblick fühlte er sich gar nicht sicher. Sein Fuß zögerte auf dem Gaspedal.

Sam Christopher saß selbst am Empfang. Er brauchte gar

nicht erst in der Gästeliste nachzusehen, denn die wichtigsten Dinge hatte er im Kopf.

»Mr. Ross und seine Gesellschaft befinden sich in Bungalow A«, sagte er zu Harper. »Dort drüben steht das Haustelefon.«

Harper führte das Gespräch, hörte zu, seufzte, legte wieder auf und ging dann langsam zum Bungalow A hinüber. Es war ein klarer, sonniger Tag, und über ihm spannte sich unglaublich blau der Himmel. Das einzige Geräusch in der stillen Luft war das Knirschen von Kies unter seinen Sohlen. Es klang in seinen Ohren wie das Brechen von Knochen.

Als er zum Eingang von Bungalow A hinaufging, flog die Tür auf, und ein junges Mädchen, braungebrannt im kurzen Tennisdress, sauste mit einem Metallschläger in der Hand an ihm vorbei. »Hi!« rief sie und war schon wieder fort. In der Tür erschien Ross persönlich.

Er war nicht sehr groß, aber seiner leisen Stimme, den gemessenen Bewegungen, dem unverbindlichen Lächeln, das nie die Augen erreichte, merkte man die Autorität an. »Paul«, sagte er, »kommen Sie herein. Lange nicht gesehen.«

»Im letzten Dezember, Mr. Ross.« Harper erinnerte sich an den kalten grauen Tag in Westchester mit dreißig Zentimeter Schnee auf dem Rasen, der durch das Fenster der Bibliothek zu sehen war.

Ross ließ die Tür offen stehen. Zu der Frau, die im Zimmer saß, sagte er: »Das ist Paul Harper, meine Liebe. Wir haben etwas Geschäftliches zu besprechen. Möchtest du nicht Cindy beim Tennisunterricht zusehen?«

Die Frau erhob sich lächelnd. »Immer das Geschäft«, sagte sie zu Harper.

»Tut mir leid«, murmelte Harper, absolut wahrheitsgemäß. Dann wartete er, bis sich die Tür hinter der Frau geschlossen hatte.

Ross trat an den handgeschnitzten Wandschrank und fragte über die Schulter: »Etwas zu trinken, Paul? Bourbon, wenn ich mich recht erinnere.«

»Ja, Mr. Ross.«

»Nehmen Sie Platz, Paul.«

Harper setzte sich. Er nahm sein Glas entgegen und hielt es, ohne es anzusehen, in den Händen. Ross setzte sich ihm gegenüber. »Jetzt wissen wir also, was aus Walter Wilson geworden ist.«

»Ja, Mr. Ross.«

»Und was wissen wir sonst noch?« Ross' braune glänzende Augen waren unverwandt auf Harper gerichtet. Ihre Ausdruckslosigkeit störte ihn.

»Er ist – einfach verschwunden«, sagte Harper. »Alles war in schönster Ordnung, dann war er plötzlich nicht mehr da. Er hat keine Spur hinterlassen, weder im Motel noch sonstwo. Es schneite furchtbar, und der Verkehr in der Stadt geriet durcheinander, aber ich habe versucht, ihn zu finden ...« Harper machte mit der freien Hand eine hilflose Geste. »Er war einfach nicht mehr da.«

»Das haben Sie mir geschrieben«, sagte Ross, ohne eine Spur von Gefühl. »Er war also fort, und das Geld war fort. Sogar sein Gepäck war verschwunden.«

»Ja, Mr. Ross.«

»Sie dachten, er sei vielleicht abgehauen.«

»Ja, Mr. Ross.«

»Aber das stimmt nicht«, sagte Ross. Er wartete vergebens auf einen Kommentar. »Trinken Sie ruhig, Paul.«

Harper trank gehorsam. Der köstliche Bourbon schmeckte ihm bitter. Er stellte vorsichtig das Glas hin.

»Was halten Sie von der Sache?« fragte Ross mit seiner leisen, unpersönlichen Stimme. »Wer hat's getan? Wie? Warum? Wo? Wie ist Walter unter den tiefen Schnee am Skihang geraten? Es gibt so viele Fragen, die ich so gern beantwortet wüßte.«

»Ja, Mr. Ross.« Harper holte tief Luft. »Ich kann's versuchen. Ich habe mir schon Gedanken darüber gemacht.«

»Das glaube ich Ihnen.«

Harper schluckte. »Es wurde nichts davon gesagt, wie er umgekommen ist. Vielleicht erfahren wir etwas durch die Untersuchung, oder es steht etwas in der Zeitung. Ein Foto von ihm ...«

»Hab' ich gesehen.«

»Hören Sie, Mr. Ross . . .«

»Nein«, unterbrach ihn Ross, »umgekehrt: Sie hören jetzt zu. Walter hatte Geld bei sich, es ist verschwunden. Ich möchte wissen, wer es hat. Gibt es hier Konkurrenz? Ich verlange Antworten.« Er machte eine Pause. »Wenn Sie mir diese Antworten nicht bringen, Paul, dann holen wir jemanden her, der es kann.« Seine Stimme wurde um keinen Deut lauter.

Wieder schluckte Harper. »Wir haben eigentlich keine Konkurrenz, Mr. Ross. Ein kleiner Trödler hat nebenbei einige Geschäfte gemacht, aber dem haben wir Bescheid gestoßen, und er wird es sein lassen.«

»Drei Tote, Paul, das ist nicht gut.«

»Nein, Mr. Ross.«

»Ich will keine Leichen mehr sehen – ist das klar?«

»Ja, Mr. Ross.«

Jetzt erst griff Ross nach seinem eigenen Glas, roch daran, trank und stellte es leise wieder hin. »So, Paul«, sagte er. »Wie geht die Sache mit der Grundstückserschließung voran?«

Paul war über den Themenwechsel unendlich erleichtert. »Alles in Ordnung«, berichtete er. Er riskierte sogar ein Lächeln. »Ein paar Ortsansässige wollen noch nicht so recht mitziehen, aber die spuren schon noch. Wir haben ein sehr gescheites Mädchen hier, eine junge Anthropologin. Es wäre sehr günstig, wenn sie die Sache unterstützen würde.«

»Dann sorgen Sie dafür, Paul.«

»Ja, Mr. Ross.«

»Sie haben dabei freie Hand«, sagte Ross. »Sechzehntausend Morgen zu dreihundert Dollar machen vier Millionen achthunderttausend Dollar, und das ist erst der Anfang. Erschließung, Kaufgebühren, Anwaltskosten, die Brunnenbohrung, von der Sie schrieben . . .« Ross hielt inne. »Wir möchten, daß sich die Investition lohnt.«

»Das wird sie, Mr. Ross, ganz bestimmt.«

Ross lächelte. »Hoffentlich, Paul. Trinken Sie aus. Ich möchte Cindy beim Tennisunterricht zusehen.« Er stand auf. »Ihre Rückhand ist noch schwach, das gefällt mir nicht.«

Das Pornokino lag zwischen einer Metzgerei und dem Arbeitsamt. Auf dem schmalen Transparent stand anstelle eines Filmtitels nur zu lesen: ›NUR FÜR ERWACHSENE‹.

Die Eintrittskarten gab es an einem Schalter gleich neben der Popcornmaschine. Das junge Mädchen am Schalter trug einen dünnen, sehr engen Pulli und offensichtlich keinen BH darunter.

»Oh, Gott«, sagte sie. »Ist das eine Razzia?«

»Nur ein paar Fragen«, sagte Johnny. »Wie lange sind Sie schon hier?«

»Lang genug. Manche Kunden glauben, ich gehöre mit zu dem Laden.«

»Stimmt das nicht?« fragte Tony und betrachtete nachdenklich ihre Figur.

Das Mädchen seufzte tief. »Na schön, fragen Sie.«

»Haben Sie im Januar schon hier gearbeitet?« begann Johnny.

»Warum?« das Mädchen wurde vorsichtig.

Johnny schwieg.

»Na schön«, sagte das Mädchen nachgiebig, »ich war schon hier. Ich bin seit November hier angestellt. Aber irgendwo muß man ja arbeiten, nicht wahr?«

Johnny zog das Foto von Walter Wilson aus der Tasche. »Erinnern Sie sich an diesen Mann?«

»Das ist doch der Kerl aus der Zeitung, nicht wahr?« Sie schüttelte sich. »Vielleicht habe ich ihn gesehen, aber warum sollte ich mich an ihn erinnern?« Sie streckte herausfordernd ihre Brüste vor. »Glauben Sie vielleicht, ich erinnere mich an jeden, der da hereinkommt? Warum fragen Sie nicht die alte Ziege, die da drüben den Trödlerladen hat? Die paßt doch auf wie ein Luchs.«

»Mit der hab' ich schon gesprochen«, antwortete Johnny. »Sie hat mir gesagt, daß dieser Mann vier- oder fünfmal am Nachmittag hier war, an einem Tag sogar zweimal.« Er ließ das Mädchen nicht aus den Augen.

Sie zögerte. Dann sagte sie: »Ach, ja, jetzt erinnere ich mich. Es lief gerade ein Streifen über Ferienlager für Mädchen. Ich hab' mich schon gefragt, welche Szene den Knaben so angeregt hat, daß er zweimal kam. Ich bin nicht dahintergekommen, weil ich ihn danach nie mehr zu sehen bekam. Er muß sich durch die Hintertür hinausgeschlichen haben, denn als ich in die Kabine hinaufging, um den Projektor wieder einzustellen, war niemand mehr unten im Saal.«

Tony warf Johnny einen Blick zu. Johnny fragte: »Waren noch andere Zuschauer da?«

»Na klar.« Das Mädchen lächelte sogar. »Die Girls in dem Streifen waren nicht übel, und ich hab' ihn mir selbst ganz gern angesehen. Drum hab' ich mir über den Mann Gedanken gemacht.« Sie zeigte auf das Foto.

»Sie waren allein hier?« fragte Johnny.

»Bei den zwei ersten Vorstellungen. Mehr gab's nicht an diesem Tag. Joe – das ist der Besitzer – kam, als ich gerade den Projektor für die dritte Vorstellung vorbereitete. Er meinte, bei dem hohen Schnee hätte es keinen Zweck, weil jeder nur versuchte, einigermaßen heil nach Hause zu kommen. Ich war ganz froh. Joe machte zu.«

»Familienname?« fragte Joe.

»Warren«, antwortete Tony. »Ich kenne ihn. Er vermietet Rasenmäher, Bohnermaschinen und Handkarren. Alles mögliche.« Das Mädchen nickte dazu.

»Ich glaube, wir schauen einmal hinein«, sagte Johnny.

»Wie Sie wollen«, sagte das Mädchen. Sie schien über die Beendigung des Verhörs froh zu sein.

Im Kino war es dunkel. Der kleine Projektor warf farbiges Licht auf die Leinwand, und aus dem Lautsprecher stöhnte eine Frauenstimme, ohne recht überzeugend zu wirken. Johnny und Tony blieben stehen, bis sich ihre Augen an die Dunkelheit gewöhnt hatten. Das dauerte eine Weile.

Allmählich wurden Umrisse sichtbar. Johnny zählte insgesamt sechs Zuschauer, in großen Abständen voneinander. Dann überschlug er automatisch die Sitzplätze: zehn Reihen zu je acht Stühlen, also ein Fassungsvermögen von achtzig. Neben der Leinwand lag eine geschlossene Tür. Das war zweifellos der von dem Mädchen erwähnte Hinterausgang. Aber Johnny bezweifelte, daß Wilson aus eigener Kraft diesen Weg gewählt hatte.

Tony sah zur Leinwand hinauf. »*Madre de Dios*«, sagte er. »Was den Leuten so einfällt!«

Johnny betrachtete die nackten Gestalten von zwei Frauen und einem Mann in enger Umarmung. Er schüttelte den Kopf. »Ich glaube, diese Leute haben sich selbst längst ausmanövriert.« Dann kehrte er in den Vorraum zurück und fragte das Mädchen: »Schalten Sie die Beleuchtung ein, wenn Sie den Projektor für die nächste Vorführung herrichten?«

»Nur gedämpft«, antwortete das Mädchen lächelnd. »Unsere Kunden haben etwas gegen grelles Licht. Zufrieden?«

»Es genügt.«

Sie nickte verständnisvoll. »Ich weiß, wie Sie das meinen. Wir müssen nehmen, was wir kriegen. Manche Streifen sind besser, aber jetzt läuft gerade ein ziemlich mieser. Tut mir leid.«

Draußen im hellen Sonnenlicht blieben sie stehen. Tony blinzelte. »Das ist, wie wenn man aus einer stinkenden Höhle ins Freie tritt«, sagte er. »Wohin jetzt?«

»Sehen wir uns mal den Hinterausgang an.«

Neben dem Gebäude standen Mülltonnen. Ein struppiger Hund jagte verängstigt um die Ecke. Johnny betrachtete nachdenklich den Ausgang des Kinos. »Es hat heftig geschneit«, murmelte er.

»Wenn es wirklich an diesem Tag passiert ist«, fügte Tony hinzu. »Da hat es hintereinander über einen halben Meter Schnee gegeben. Alles lag still.«

»Nicht alles«, widersprach Johnny und merkte, wie ihm eine Idee kam. »Gehen wir zu Joe Warren.«

Joe Warren war so groß wie Tony Lopez, nur wesentlich breiter gebaut. »Judy hat mich aus dem Kino angerufen«, sagte er. »Sie sind angekündigt. Warum?«

Ringsum standen Rasenmäher, tragbare Generatoren, Handkarren, Flaschenzüge, drei Zementmischer und ein paar Motorsägen. Johnny sah sich in aller Ruhe um. Dann fragte er: »Erinnern Sie sich noch an den Schneefall im Januar?«

»Denke schon«, antwortete Warren. »Es war scheußlich.«

»Sie waren im Kino und sagten Judy, es hätte keinen Zweck, länger offen zu halten. Stimmt's?«

»Sie ist ein braves Mädchen«, sagte Warren. »Wohnt außerhalb der Stadt. Ich wollte, daß sie nach Hause kommt, solange es noch ging. Und?«

»Sie haben also das Kino geschlossen?«

»Ich weiß nicht, warum Sie das interessiert«, antwortete Warren, »aber es stimmt. Es kam sowieso keiner. Ich brauchte nur das Licht abzuschalten und die Türen abzuschließen.« Er zuckte die Achseln.

»Stimmt nicht ganz«, sagte Johnny. Er konnte zwar nur raten, war sich seiner Sache aber ziemlich sicher. »An diesem Nachmittag kam noch etwas Ungewöhnliches dazu, nicht wahr?«

»Was zum Beispiel?« fragte Warren.

Johnny fuhr in unverändertem Ton fort: »Ein Toter zum Beispiel, der seitlich zwischen den Sitzreihen lag. Das Mädchen hatte ihn von der Vorführkabine aus nicht gesehen. Auch die anderen Zuschauer haben ihn nicht bemerkt, nur sein Mörder, und der war schon fort.«

»Na, hören Sie«, protestierte Warren. »Ihr wollt wohl . . .«

Johnny hielt ihm das Bild von Walter Wilson vor die Nase.

»Das ist der Mann. Wir fanden ihn auf dem Skihang, wo er seit dem starken Schneefall gelegen hat.«

»Und wie ist er dort hingekommen?« fragte Warren. »Ist er vielleicht geflogen?«

Johnny sah sich in dem großen Verkaufsraum um und fragte Warren: »Im Winter vermieten Sie doch auch Schneemobile, nicht wahr?«

»Großer Gott«, murmelte Tony Lopez leise.

Warren antwortete überlaut: »Was ist schon dabei, wenn ich Schneemobile vermiete? Verdammt noch mal, was . . .«

»Der Tote lag im Kino«, unterbrach ihn Johnny. »Judy war gegangen, es war niemand in der Nähe. Als Besitzer eines Sexkinos müssen Sie vorsichtig sein. Miss McDade . . .«

»Diese verfluchte alte Schnüfflerin«, schimpfte Warren.

»Es gibt noch andere Leute in der Stadt, die keine Pornofilme mögen«, fuhr Johnny fort. »Sie suchen nur nach einem Vorwand, um Ihnen den Laden dicht zu machen. Ein solcher Vorwand könnte zum Beispiel ein Toter zwischen Ihren Sitzreihen sein.« Er wartete.

»Das haben Sie gesagt«, flüsterte Warren.

»Der dicke Schnee war Ihre Chance«, sagte Johnny. »Wilson war nicht so schwer, daß Sie ihn nicht auf ein Schneemobil laden konnten. Bis zum Skihang ist es nicht weit. Bei einigem Glück würde die Leiche so tief begraben sein, daß man sie erst im Frühjahr wiederfinden mochte. Und genau so ist es auch gekommen.«

Warren versuchte, in Johnnys Miene zu lesen. »Wollen Sie mir einen Mord anhängen?«

»Nein«, antwortete Johnny. »Sie haben ihn nicht getötet. Dafür lege ich meine Hand ins Feuer. Es war die Tat eines Profis. Ich behaupte nur, daß Sie ihn in Panik weggeschafft haben. Wenn Sie mir entgegenkommen, könnte ich vielleicht sogar das vergessen.«

Ausgedehntes Schweigen folgte. Dann fragte Warren: »Vielleicht?«

»Wenn Sie die Wahrheit sagen«, erklärte Johnny. »Trug er beispielsweise einen Gürtel, als Sie ihn fanden?«

»Er . . .« Warren brach ab. Er schüttelte den Kopf. »Verdammt raffiniert, wie?«

»Das haben Sie gesagt.« Tony grinste.

»Trug er einen Gürtel?« fragte Johnny.

Warren schien aufzugehen wie ein Hefekuchen. Er schrie: »Wie, zum Teufel, soll ich wissen, ob er einen Gürtel trug? Ich hab' ihn doch nicht ausgezogen. Er hatte einen Regenmantel an, und neben ihm auf dem Fußboden lag ein Hut.« Er atmete schwer. »Zuerst habe ich ihn gar nicht gesehen, aber dann dachte ich: Jetzt ist es ganz aus. Diese alte Ziege McDade und andere von ihrer Sorte warten doch nur darauf, um mir einen Strick zu drehen, weil ich hier Filme zeige, wie ihre Ehemänner sie sehen wollen.« Seine Stimme wurde plötzlich ganz leise: »Okay«, murmelte er: »Ich habe den Kerl zwischen den Sitzen heraufgeschafft, hier aus dem Laden ein Schneemobil geholt und ihn aufgeladen. Bei dem Schneetreiben konnte man keine fünf Meter weit sehen. Ich bin mit ihm zum Skihang gefahren, damit mich niemand bemerkt. Soviel ich weiß, kann es ein Herzanfall gewesen sein. Blut habe ich nicht gesehen. Aber wie er auch umgekommen ist – ich wollte nicht –, daß er bei mir gefunden wird.«

»Wußten Sie, daß er versteckt eine Waffe bei sich trug?« fragte Johnny. Dann hätte Warren auch wissen müssen, ob er einen Gürtel hatte oder nicht. Johnny wartete.

»Ich hab' Ihnen doch gesagt, daß ich ihn nicht ausgezogen habe«, rief Warren. »Ich wollte ihn nur loswerden.« Das klang ehrlich.

6

»So weit sind wir also bisher, *chica*«, sagte Johnny. Er saß mit Cassie vor dem offenen Kamin in ihrer Wohnung. Den knisternden Scheiten entströmte ein sauberer, würziger Duft. Chico lag ganz still zu ihren Füßen und starrte ins Feuer.

»Und was meinst du dazu?« fragte Cassie. Sie war immer wieder beeindruckt von den Schlußfolgerungen dieses Mannes, die genau so sorgfältig ausgearbeitet waren wie ihre eigenen, wenn sie eine Ausgrabung zu würdigen hatte. »Sagt Warren die Wahrheit?«

»Ich denke schon.« Johnny war ganz entspannt. »Ich glaube, der Gürtel fehlte schon, als Warren ihn fand. Ich halte es für wahrscheinlich, daß es eine Geldkatze war, um deretwegen der Mord begangen wurde. Seine Brieftasche fehlte ja auch. Jemand wollte ihn beseitigen und verhindern, daß er sofort identifiziert werden konnte.«

Cassie lief trotz des warmen Feuers ein Frösteln über den Rücken. »Aber mit Warren und seinem Schneemobil konnte der Täter doch nicht rechnen.«

»Nein«, sagte Johnny, »er verließ sich auf sein Glück. Vermutlich war er selbst verdutzt, weil die Leiche nicht auftauchte.« Er machte eine nachdenkliche Pause. »Und jetzt, wo der Tote gefunden wurde, sucht er vielleicht überall nach dem Mann, der ihn begraben hat und der mehr weiß, als er bisher sagte. Und er sucht nach dem Grund.«

Newton Berry hatte seinen Laden aufgeräumt und von seinen Kunstgegenständen gerettet, was noch zu retten war. Die Trümmer warf er, den Tränen nahe, hinaus. Die Schäden an Wänden, Kamin und Fenstern waren repariert. Weihrauchduft überlagerte den häßlichen Gestank nach der Explosion. Nur die Narben an Berrys Seele waren noch nicht ausgeheilt.

An diesem Nachmittag kam Kundschaft, ein Mister Ross mit Frau, offenbar wohlhabende Leute, die im ›Lodge‹ wohnten. Mrs. Ross' leichte Nerzstola war schon Beweis genug für die Zahlungsfähigkeit. Die beiden hatten ihre schlanke, junge Tochter dabei, ein Mädchen mit kindlichem Lächeln.

Berry entschuldigte sich: »Im Augenblick kann ich Ihnen leider nicht allzuviel zeigen – ein furchtbarer Zwischenfall, eine Explosion.« Er breitete die Hände aus. »Aber ein paar recht hübsche Dinge konnte ich aus der Katastrophe retten.«

Ross sagte freundlich: »Wollt ihr beiden euch nicht ein bißchen umsehen?« Er wandte sich an Berry: »Eine Explosion? Furchtbar. Schadhafte Gasleitung?«

Berry schüttelte den Kopf und sah sich um. Die beiden Frauen waren außer Hörweite. »Leider nicht«, sagte Berry leise. »Stellen Sie sich vor, es scheint eine Bombe gewesen zu sein.« Hätte er das sagen sollen? Er wußte es nicht. Aber Mr. Ross schien nicht so leicht einzuschüchtern zu sein, und vielleicht konnte er damit sogar das Mitgefühl des Kunden wecken.

Mr. Ross zeigte sich überhaupt nicht beeindruckt. »Der Konkurrenzkampf muß in Ihrer Branche hart sein«, bemerkte er. Er lächelte Berry an. Nur seine braunen, ruhigen Augen lächelten nicht mit. »Wenn ich darf, sehe ich mich ein wenig um.«

Sie kauften sogar. Im ersten Augenblick hatte Berry schon befürchtet, daß Mr. und Mrs. Ross sich gar nicht für seine Boutique, sondern für ihn selbst interessierten. Aber dann sagte er sich, daß sie in diesem Fall bestimmt nicht für sechshundertfünfzig Dollar einen Teppich gekauft hätten, echte indianische

Handarbeit. Er atmete auf. »Ein schönes Stück, nicht wahr? Ein himmlischer Entwurf. Selbst Kenner auf diesem Gebiet wissen manchmal nicht die überragende handwerkliche Arbeit und die einfach unvorstellbare Phantasie der Indianer aus den Südweststaaten zu würdigen. Das ist schade.«

»Der Teppich wird sich in deiner Bibliothek gut machen, Peter«, sagte Mrs. Ross.

»Einfach dufte, Daddy«, sagte das Mädchen.

Ross blieb unbeteiligt. »Würden Sie uns den Teppich freundlicherweise zuschicken? Ich gebe Ihnen einen Scheck.« Er schrieb ihn aus und reichte ihn Berry. »An diese Adresse hier«, sagte er.

Berry war sich nicht sicher, ob etwas hinter den Worten, hinter den dunklen Augen steckte.

»Und ich hoffe, Sie werden keine weiteren Schwierigkeiten mehr haben«, sagte Ross.

»Das hoffe ich auch«, murmelte Berry. Dann fügte er viel zuversichtlicher, als ihm zumute war, hinzu: »Nein, ich bin sicher, es wird keine mehr geben.«

Ross nickte. »Gut.« Mehr sagte er nicht. Er wandte sich an Frau und Tochter: »Wir sollten jetzt zum Essen gehen.«

»Du hast uns ein mexikanisches Restaurant versprochen, Daddy«, erinnerte ihn das Mädchen.

»Also dann mexikanisch.« Ein liebevoller Vater, der alles für seine Familie tat.

Aber warum diese Gänsehaut? fragte sich Berry, als er den Dreien nachsah. Und warum sind meine Handflächen feucht? Genau wie nach dem Gespräch mit diesem undurchschaubaren Apachen, diesem Polizeileutnant? Der Grund war derselbe: Beide Männer hatten ihm das Gefühl vermittelt, nackt und mit enthüllten Geheimnissen vor ihnen zu stehen. Er schloß sein Geschäft ab, fuhr nach Hause, goß sich einen steifen Drink ein und beruhigte sich anschließend mit einer Tasse heißem Tee.

Der Rauschgiftspezialist Paul Snyder saß in Johnnys Büro. »Ich fürchte, ich kann Ihnen nur wenig Neues sagen«, begann er. »Für lange Zeit waren die Mohnfelder der Türkei der Hauptlieferant für Rohopium. Von dort gelangte das Zeug üblicherweise nach Südfrankreich, wo in ungezählten kleinen Labors das Heroin ausgezogen wurde. Von dort aus ...« Snyder zuckte wütend und hilflos mit den Achseln. »Auch andere Länder haben ihre Probleme, aber wir sind und bleiben der wichtigste Absatzmarkt. Was hier angeboten wird, kommt wahrscheinlich aus Mexiko. Manchmal fangen wir eine Sendung ab, manchmal nicht. Das hilft nicht viel, wie?«

»Ich habe keine Wunder erwartet«, sagte Johnny. Er wußte seit langem, daß man auch toten Fährten folgen mußte, weil sie zuweilen eine andere Spur kreuzten, die zum Ziel führen konnte. »Ich laufe einfach mit der Nase auf dem Boden im Kreis herum.« Seine Zähne blitzten. »Auch wenn Sie sich das vielleicht als komisch vorstellen.« Das Lächeln war wieder verschwunden. »Also aus der Türkei nach Frankreich, über Mexiko in die USA«, sagte er. »Steht eine geschlossene Organisation dahinter oder eine Kette von Käufern und Verkäufern?«

»Vermutlich beides«, antwortete Snyder. »Manche große Transaktionen lassen auf eine gute Organisation schließen, bei der Schritt für Schritt geplant wird. Andere Sendungen laufen vermutlich über eine ganze Kette von Zwischenhändlern.«

Johnny lehnte sich zurück und lauschte einer Reihe von unhörbaren Stimmen. Ein Psychologe hätte wahrscheinlich vom Unterbewußtsein gesprochen. Aber war das nicht dasselbe?

»Drei Leute sind an schlechtem Heroin gestorben«, sagte er. »Weist das auf eine Organisation hin?«

Snyder überlegte. »Wahrscheinlich nicht. Die Profis sind gerissene Geschäftsleute, und Todesfälle, insbesondere durch schlechte Ware, belasten das Geschäft.«

Das hatte Johnny sich auch gedacht. Er hörte immer noch die Stimmen.

»Was würde geschehen«, fragte er, »wenn im Gebiet einer solchen Organisation ein kleiner Händler auftauchte und mit schlechter Ware ein paar Todesfälle provozierte?«

Diesmal ließ sich Snyder viel Zeit. »Dann möchte ich nicht in den Schuhen des kleinen Händlers stecken«, antwortete er schließlich. »Er hat sicher nichts zu lachen.«

Auch darauf war Johnny von selbst gekommen. Er nickte. »Nun etwas ganz anderes«, sagte er und deutete auf Walter Wilsons Foto, das auf dem Schreibtisch lag. »Sie haben ihn gesehen. Wir wissen nichts über den Mann, keine Fingerabdrücke, keine Akten.« Er zitierte aus Saul Pentlands Bericht die Kleidung, die der Tote getragen hatte. Dann fuhr er fort: »Für mich kam der Mann irgendwo aus dem Osten. Sagt Ihnen das etwas?«

Snyder sah ihn erstaunt an. »Ich verstehe Ihre Frage nicht ganz.«

»Denken Sie an die Kleidung«, verdeutlichte Johnny. »Und an den Mann. Keine besonderen Merkmale, keine Schwielen, keinerlei Anzeichen für Handarbeit, für eine Brille oder dafür, daß er oft eine Badehose trug oder ins Freie kam. Verstehen Sie jetzt? Ein ganz einfacher kleiner Angestellter, wie man sie zu Tausenden in den Vorortzügen trifft. Bis auf einen Punkt.« Er machte eine Pause. »Er trug in einem versteckten Hüfthalfter eine kleine fünfschüssige Achtunddreißiger mit kurzem Lauf.« Snyder hob die Augenbrauen. »Und als wir ihn fanden, fehlte sein Gürtel, obgleich die Hose zu weit war. Es könnte sein, daß es sich dabei um einen Geldgürtel – eine Geldkatze – handelte. Reine Vermutungen, aber . . .« Er hielt inne.

»Allmählich sehe ich klarer«, sagte Snyder. »Steckt noch mehr dahinter?«

»Er wurde ermordet«, fuhr Johnny fort. »Jemand stieß ihm ein Messer oder vielleicht einen Eispickel genau an dieser Stelle ins Rückenmark.« Er berührte mit seinem Finger das Genick. »Und zwar in einem Sexkino.«

Snyder bewunderte den scharfen Verstand, der hinter diesen Andeutungen steckte. »Sie wollen praktisch wissen, wie die Hierarchie in den großen Organisationen aussieht.« Er schüttelte den Kopf. »Nicht ganz wie bei der Armee oder bei einem Großbetrieb, denn es gibt keinen Stellenplan.«

»Aber eine gewisse Arbeitsteilung.« Johnny lächelte plötzlich wieder. »Ich sagte schon, daß ich nur in Kreisen mit der Nase das Terrain absuche. Ich hoffe, durch Sie auf eine neue Spur zu stoßen, aber ich möchte Ihnen keine Worte in den Mund legen, die mich in die Irre führen. Ich möchte lieber von Ihnen hören, ob meine Vermutungen zu weit hergeholt sind.«

Bedächtig antwortete Snyder: »Ihre Frage lautet also: Berücksichtigt man seine Kleidung, das Fehlen von Strafakten und von Hinweisen auf seinen Beruf, außerdem die Handfeuerwaffe und den fehlenden Gürtel – wirkt Wilson dann auf mich wie ein Mann, der in einer solchen Organisation arbeiten könnte?« Er nickte. »Eine vernünftige Frage, aber ich kann sie nur mit einer Vermutung beantworten.«

»Tun Sie das.«

Snyder war plötzlich viel daran gelegen, diesem Mann zu helfen. »Schön«, sagte er, »streichen wir zunächst einmal einige Aufgaben, für die er sich nicht eignete. Er gehört nicht zur Führungsspitze, denn diese Leute tragen keine Waffen und auch nicht so viel Geld bei sich, daß sich ein Mord lohnt. Sie arbeiten mit Kreditkarten, Schecks und Kleingeld für Trinkgelder.«

Einverstanden, dachte Johnny und war seinen unhörbaren Stimmen dankbar. »Also scheidet die Führungsspitze aus«, murmelte er.

»Er war auch keiner von den Leibwächtern oder Gorillas«, fuhr Snyder fort. »Auch diese Leute haben nicht viel Bargeld bei sich. Außerdem sind sie für gewöhnlich sehr tüchtig und setzen sich nicht in ein Sexkino, um sich ein Messer ins Rückenmark stoßen zu lassen.«

Johnny war recht zufrieden. »Wir kommen der Sache näher«, sagte er. »Auch wenn wir noch nicht genau erfahren, was er wirklich getan hat, so wissen wir wenigstens, in welcher Richtung wir nicht mehr zu suchen brauchen.«

Snyder machte es sich in seinem Sessel bequemer. »Ein Verkäufer war er auch nicht. Hier in Santo Cristo würde ein Rauschgifthändler in seiner Kleidung auffallen wie ein Roßapfel auf blankem Parkett.«

Johnny dachte an den toten Ruby Martinez und konnte ihm nur zustimmen. Leute wie dieser waren die Kunden, und diese würden sich niemals mit einem so auffälligen Mann wie Walter Wilson abgeben.

»Eine Stufe über den Händlern steht der Verteiler mit einem

festen Bezirk.« Snyder überlegte. »Das wäre eine Möglichkeit, nur stimmt auch hier die Kleidung nicht. Nehmen wir an, ein solcher Bezirksleiter hätte hier im Südwesten zwei oder drei Bundesstaaten zu versorgen. Er wäre ein Narr, wenn er sich dann nicht der ortsüblichen Kleidung besser anpaßte.« Er betrachtete Johnnys Gesicht. »Woran denken Sie jetzt?«

»An ein Bild, das ich einmal gesehen habe«, antwortete Johnny. »Es zeigte Calvin Collidge mit indianischem Kopfschmuck. Es war immer noch Calvin Collidge. Diesem Wilson hätte man anziehen können was man wollte, er hätte trotzdem nie in unsere Gegend gepaßt.«

Snyder nickte lächelnd. »Also kommen wir zu dem Punkt, an den Sie wahrscheinlich von Anfang an gedacht haben. Der Verteiler gibt die Ware an den Händler weiter und kassiert. Aber irgend jemand muß bei den Verteilern kassieren, ein Mann aus dem Zentralbüro, wenn Sie so wollen, und von dem kann man durchaus annehmen, daß er eine Geldkatze und zum Schutz des Bargelds eine Waffe trug. Ein solcher Mann kann auch einen Treff im Sexkino verabreden.« Er nickte wieder. »Ganz einfach, wenn man es richtig überlegt. Wollten Sie das sagen?«

»Ja«, antwortete Johnny. Er sah jetzt die neue Spur. Auch wenn er noch nicht wußte, wohin sie führte, brauchte er nicht mehr im Kreis zu laufen.

»Die Frage ist nur, wer es wagen könnte, auf so professionelle Weise einen Kassierer des Zentralbüros umzubringen.« Snyder runzelte die Stirn. »Ganz bestimmt nicht ein Verteiler, weil der genau weiß, daß er so etwas nicht überleben würde.«

»Von sich aus nicht, nein«, sagte Johnny.

Snyder breitete die Hände aus. »Wir sehen meistens nur das, was an die Oberfläche kommt. Die Schwierigkeiten innerhalb der Organisation bleiben uns unbekannt, der interne Konkurrenzkampf, wenn jemand vielleicht sein Gebiet zu erweitern versucht. So etwas kann klappen oder auch nicht. Bringt man den Kassierer der Zentrale um, dann beweist man, daß die Leute, die hinter ihm stehen, ihn nicht schützen können, man arbeitet künftig auf eigene Faust und zum Teufel mit dem

Boss!« Snyders Stimme klang sehr ernst. »Das sind natürlich nur Vermutungen«, fügte er hinzu.

»Mehr haben wir auch nicht in der Hand«, pflichtete ihm Johnny bei.

7

An diesem Samstag meldete der Polizeibericht von Santo Cristo:

›Ein Ladendieb bei Sears‹
›Revolverschüsse am Mesa Drive‹
›Raufereien am El Matador Drive-in, Pasa Tiempo Theater und Dave's Bar und Grill‹
›Zerschlagene Fensterscheiben im Industriezentrum La Paloma, in Joe's Spirituosenladen und im Turnsaal der High School von Santo Cristo‹
›Einbruch in der Arroyo Road‹
›Hundebiß auf der Santo Cristo Plaza‹
›Autounfälle auf der Cadiz Street, San José Drive, Avenida Collegio und Brice Lane‹

Was der Polizeibericht nicht meldete, war das kleine Drama um die achtzehnjährigen Mädchen Maria Victoria Sanchez und Ruth Rogers. Das kam so:

Über dem Arroyo Hondo gab es einen Aussichtspunkt, den die Jugend von Santo Cristo für sich beschlagnahmt hatte. Sie nannten ihn nach dem bekannten Film ›Planet der Affen‹ oder ganz einfach ›Affen‹. Man erreichte diese Stelle über eine Viertelmeile Traktorweg von der Hondo Road aus quer durch hohes Grama Gras. Von einem der vier Häuser an der zwei Meilen langen Hondo Road bekam die Polizei den Anruf. Der wachhabende Sergeant leitete ihn an Tony Lopez weiter.

»Hören Sie«, sagte eine verwirrte Männerstimme, »ich bin nicht betrunken und ich hab' auch wahrscheinlich nicht den Verstand verloren, aber da draußen laufen zwei splitternackte Mädchen 'rum, und meine Frau meint, man müßte was dagegen tun.« Er holte Luft. »Mein Name ist Sanders, und ich wohne an der Hondo Road, gleich gegenüber der Stelle, wo die jungen Leute immer 'reinfahren – na, Sie wissen schon wozu.«

»Ich kenne die Stelle, Mr. Sanders«, sagte Tony.

»Aber es ist kein Wagen da, ich habe nachgesehen. Nur die beiden nackten Mädchen, die zwischen den Büschen 'rumlaufen.« Wieder eine Pause. »Hören Sie, ich hab' das wirklich nicht erfunden.«

»Wir sehen nach, Mr. Sanders«, versprach Tony. »Vielen Dank für Ihren Anruf.«

Johnny hatte eigentlich dienstfrei, aber er kam trotzdem vorbei, weil er mit jemandem über das reden mußte, was Snyder vom Rauschgiftdezernat ihm erklärt hatte. Tony legte gerade den Hörer auf.

»Vielleicht kommst du als Anstandswauwau mit, Amigo«, sagte Tony. »Für einen einzelnen ist das eine schwierige Aufgabe.« Zu Johnnys Belustigung erklärte er, was geschehen war.

»Du hast Angst?« fragte Johnny. »Na schön, dann komme ich mit und halte dein Händchen. Wir nehmen eine Limousine mit und zwei Decken – für alle Fälle.«

Sanders wartete da, wo der Traktorweg von der Autostraße abzweigte. Er streckte die Hand aus. »Da drüben, und weg können sie nicht sein, weil ich aufgepaßt habe. In den Arroyo hinunter ist es zu tief.«

»Okay«, sagte Johnny. »Danke.«

»Ich würde Ihnen helfen«, murmelte Sanders, »aber dann macht mir meine Frau die Hölle heiß.« Er sah dem Polizeiwagen nach, bis er hinter einer kleinen Kuppe verschwunden war.

Die Aussicht von dieser Stelle war phantastisch. Siebzig Meter tiefer schlängelte sich ein Flüßchen zwischen Weiden und wenigen Cottonwood-Bäumen dahin. Im Süden, wo der Arroyo breiter wurde, rahmten seine Hänge die vierzig Meilen entfernte Cloud Mesa ein. Der Himmel war klar und blau, die Luft wie Sekt. Zwei nackte Mädchen versuchten ohne viel Erfolg sich hinter einem schmalen Baumstamm zu verstecken. Sie bemühten sich dabei, mit ihren Händen ihre Blößen zu bedekken.

Johnny stieg aus und warf ihnen die beiden Decken zu. Die Mädchen wickelten sich ein.

Die eine sagte: »Himmel, ausgerechnet Polente.«

Die andere: »Mir ist das jetzt ganz egal.«

»So ist's recht, *guapa*«, sagte Tony lächelnd. »Man – muß es so nehmen, wie es kommt.« Mit einer tiefen Verbeugung öffnete er die hintere Wagentür.

Als sie zurückfuhren, stand Sanders immer noch an der Hondo Road. Er schwieg und rührte sich nicht.

»Der alte Geisbock«, sagte das eine Mädchen. »Er mußte ganz genau hinsehen.«

»*Claro*«, sagte die andere, offenbar spanischer Abkunft. »Was hätte er sonst machen sollen, nachdem er uns gesehen hat?«

»Er hat eine Frau«, sagte Tony, »und die hat etwas gegen nackte Mädchen.«

Die Amerikanerin fragte: »Sie werden uns wahrscheinlich einbuchten?«

»Ich glaube, daß ein paar Fragen angebracht wären, nicht wahr?«

»Wir haben doch nichts getan. Es waren diese – Schweinehunde.«

»Wer?« fragte Johnny.

Die Spanierin antwortete hastig: »*no importa.* Namen spielen keine Rolle.« Sie sah ihre Freundin an. »Hörst du?«

Die andere zuckte die Achseln: »Selber schuld.«

»Nein«, antwortete die Spanierin bestimmt, »es war nur ein Spaß.«

»Und was für einer!«

»Wir haben's so gewollt.«

Sie saßen in Johnnys Büro, die Tür war geschlossen. Maria Victoria fragte: »Erzählst du es, oder soll ich?« Als Ruth nicht reagierte, berichtete Maria Victoria.

Es waren drei Burschen, deren Namen sie nicht nennen wollten. Und die wollten auch nicht das von den Mädchen, was Johnny vielleicht dachte, sondern die Sache war ganz einfach:

Sie wollten nur Fotos machen, wie im ›Playboy‹ – warum auch nicht?

Die Kerle haben jedenfalls den Mädchen den Vorschlag gemacht und ihnen Bezahlung versprochen. Modelle bekommen schließlich Honorar, nicht wahr? Und bei den Künstlern und Fotografen in Santo Cristo wird es doch genauso gehandhabt. Die machen doch auch Aktstudien. Nach einigem Hin und Her entschlossen sich die Mädchen, mitzuspielen. Zu zweit war das auf jeden Fall sicherer als allein.

Tony Lopez schüttelte verwundert den Kopf. »Zu meiner Zeit . . .« begann er, aber dann fügte er traurig hinzu: »Ich bin über dreißig, und da ist alles anders. Weiter.«

Das war aber schon alles. Die Kerle hatten den Mädchen nur was vorgemacht. Kaum waren sie ausgezogen und posierten an einem Pinienbaum, da sprangen die Kerle in den Wagen und fuhren weg.

»Mit unseren Kleidern«, sagte Ruth. »Die haben sich totgelacht. Aber wir hätten es uns ja denken können. Die . . .«

»Keine Namen!« sagte Maria Victoria scharf.

»Warum nicht?« fragte Johnny.

Maria Victoria zuckte die Achseln. »Was hätten Sie davon? Es gibt nur Stunk, und wir sind die Dummen.« Pause. Vielleicht hatte sie gar nicht so unrecht.

Ruth fragte: »Weshalb wollen Sie uns denn anzeigen?«

Tony sagte: »Es gibt Gesetze, die es verbieten, mit nacktem Hintern herumzulaufen.« Er sah Johnny an.

»Ich sehe keinen Grund«, murmelte Johnny und handelte sich einen langen abschätzenden Blick von Maria Victoria ein.

Sie sagte fast widerwillig: »Vielleicht seid ihr doch nicht so gemein, wie man immer sagt.«

»Fahr sie nach Hause«, sagte Johnny zu Tony. »Erklären sollen sie die Sache selbst. Und vergiß nicht, die Decken wieder mitzubringen.« Er wandte sich an Maria Victoria: »Wenn Ihnen wieder einmal danach ist, Aktmodell zu spielen . . .«

»Nichts zu machen«, unterbrach ihn das Mädchen.

Die Mädchen setzten sich wieder ins Polizeiauto.

Ruth fragte: »Sind deine Eltern zu Hause?«

»Natürlich.«

Im Rückspiegel sah Tony, wie Maria Victoria über diese dumme Frage lächelte: »Vater, Mutter, sieben Geschwister und die Abuela, die Großmutter. Glaubst du, das Haus ist je leer?«

Ruth überlegte. dann sagte sie zu Tony: »Könnten wir mal telefonieren? Vielleicht erreichen wir jemanden, der uns etwas zum Anziehen bringt.«

»Ihr habt gehört, was mein Chef vorhin gesagt hat«, erklärte Tony. »Ich soll Sie nur nach Hause fahren.«

»Hol ihn der Teufel.« Pause. »Sie auch. Ihr Bullen seid doch nur drauf aus, anderen Leuten Ärger zu machen.«

Das hörte Tony nicht zum erstenmal. Und bis zu seiner Pensionierung würde er es wohl noch tausendmal zu hören bekommen. Er zuckte die Achseln und sah in den Rückspiegel, da fiel ihm Maria Victorias Miene auf. Er fragte rasch auf Spanisch: »Worüber denkst du nach, *chica*?«

Das Mädchen schüttelte trotzig den Kopf.

»Was hat er dich gefragt?« wollte Ruth wissen.

Wieder das Kopfschütteln.

»Ich kann's mir denken«, sagte Tony, immer noch auf Spanisch. Sonst war er nicht so schnell von Begriff, aber vielleicht hatte die Anwesenheit dieses verdammten Indianers auf ihn abgefärbt. »Liegt es daran,« fragte er, »daß man Ihnen und mir einmal dasselbe beigebracht hat?«

Das Mädchen schwieg immer noch, nur in ihren Augen stand zu lesen, daß sie begriffen hatte.

Ruth fragte: »Was will er denn? Will er dich hereinlegen?«

»Nicht beachten«, sagte Tony. »Es gibt gute Anglos, aber sie gehört nicht zu ihnen. Sie sind Maria Victoria Sanchez. Ich kenne Ihre Familie. Als Sie noch jung waren, hat man Ihnen Gut und Böse erklärt, und daß der liebe Gott alles sieht und jedes Unrecht irgendwann einmal bestraft.«

»Verdammt, aufhören!« rief Ruth. »Sprechen Sie Englisch!«

Tony blieb unerschütterlich bei Spanisch: »Leute wie diese hier bringen Ihnen etwas anderes bei: Rauchen, Trinken, Lügen. Nackt ausziehen und sich dafür bezahlen lassen.« Seine Stimme änderte sich. »Ihre Eltern werden sehr zornig sein. Sie werden sich schämen, denn für sie ist diese Sache sehr wichtig, und das haben Sie von Anfang an gewußt. Man wird Sie bestrafen, denn so war es immer schon. Und Sie sind noch froh darüber, daß man Sie strafen wird, daß ich Sie nicht telefonieren lasse, damit Sie Ihre Freunde und Eltern anlügen können. Sie werden zu Hause die Wahrheit sagen. Und nach der Strafe wird es Ihnen besser gehen. Stimmt's, Maria Victoria?«

Ein längeres Schweigen folgte. Dann antwortete das Mädchen auf Spanisch: »Sie reden genau wie mein Vater.«

»Das ehrt mich«, sagte Tony.

Ruth sagte resigniert: »Halten Sie hier an.«

Tony betrachtete die langgestreckte Adobemauer, das schmiedeeiserne Tor, das gepflegte Grundstück, das nach Geld roch. »Sie wohnen hier?« fragte er auf Englisch.

»Und wenn schon?«

Er öffnete ihr die Tür. »Okay, dann steigen Sie aus. Die Decke hole ich mir später ab. Viel Glück.«

Ruth lächelte spöttisch. »Soll ich mich etwa noch bedanken?« Mit hocherhobenem Kopf marschierte sie auf das Tor zu.

Das Haus der Familie Sanchez war von keiner Mauer umgeben, hier gab es kein schmiedeeisernes Tor, und drei kleine Kinder spielten mit vier kleinen Hunden auf dem kahlen Hof. Tony öffnete die andere Tür. »Viel Glück«, sagte er noch einmal und beobachtete Maria Victoria beim Aussteigen.

Sie stand eine Weile da und sah ihn an. »Danke, *señor*«, sagte sie dann leise und ging wie eine Königin an den Kindern und Hunden vorbei, die Stufen hinauf, die Decke wie eine Robe um die Schultern geschlungen.

Tony fuhr in die Zentrale zurück und hockte sich auf Johnnys Schreibtisch. »Du hättest mich hören sollen«, meinte er kopfschüttelnd. »Ich habe geredet wie ein Pfarrer.«

»Vermutlich.« Johnny nickte. »Aber übertreib's nicht.«

Der Telefonanruf erreichte Johnny spät am Abend bei Cassie. »Ich sollte hier anrufen, *señor*«, sagte eine Mädchenstimme auf Spanisch. »Ich bin Maria Victoria Sanchez.«

»Ja, ich weiß«, antwortete Johnny sehr freundlich. »Hoffentlich ist Ihre Strafe nicht zu streng ausgefallen.«

»*No importa.*« Pause. Ihre Stimme klang unsicher, als hätte sie geweint. »Darf ich offen sprechen, *señor?*«

»Worüber, Maria Victoria?« Er hörte, daß sie immer noch leise schluchzte.

»Über Ruben Martinez«, flüsterte das Mädchen. »Wir wollten eigentlich heiraten. Später, wenn er sich die Sache abgewöhnt hatte und wieder arbeitete.«

»Ich verstehe«, sagte Johnny sehr behutsam. »Und was möchten Sie mir sagen, Maria Victoria?«

»Bitte, *señor,* können wir uns irgendwo treffen? Ich kann Ihnen sagen, woher Ruben das hatte ... was er glaubte, haben zu müssen ... woran er gestorben ist.«

Johnny blinzelte. »Sagen Sie mir, wann und wo wir uns sehen können.«

Er hörte aufmerksam zu, legte auf und sah Cassie an. »Es gibt Tage, da lohnt sich das Aufstehen nicht. An anderen Tagen ...« Er schüttelte voll Staunen den Kopf. »Tony muß sie irgendwie überzeugt haben.«

»Oder du hast sie überzeugt«, sagte Cassie. Sie sah ihm nach, wie er in die Nacht hinaustrat.

8

Die Straße lag zwar noch im Stadtgebiet, aber sie war unbefestigt und seit längerem nicht mehr repariert worden. Johnnys Kombi rumpelte und holperte. An der Kreuzung blendete er ab und hielt. Wie ein Schatten kam das Mädchen aus dem Dunkel gehuscht und setzte sich neben ihn. Dann fuhr er weiter.

»Hoffentlich ist das richtig, was ich mache, *señor.*«

Das hoffe ich auch, dachte Johnny und sagte laut: »Doch, das ist es.«

»Was heute geschehen ist ...« Das Mädchen verstummte.

»Das vergessen wir lieber.«

»Nein, *señor*«, erklärte das Mädchen sehr bestimmt. »So etwas darf man nicht vergessen. Haben Sie schon einmal geträumt, Sie sind nackt und können sich nirgends verstecken?« Sie drehte sich um und betrachtete den verschwommenen hellen Fleck von Johnnys Gesicht. »So war es nämlich heute: Wie ein Alptraum, nur eben Wirklichkeit. Ruth war wütend, aber ich habe mich nur – nur geschämt.«

Dann schwiegen die beiden wieder. Johnny fuhr langsam weiter, durch unbeleuchtete Straßen. Er ließ dem Mädchen Zeit. Für sie war es eine Gewissensangelegenheit und ein einziges falsches Wort konnte alles zunichte machen.

Dann sprach sie doch. »Ruben war ein braver Junge, *señor.«*

»Er war ein tapferer Mann«, sagte Johnny.

»Das wissen Sie? Seine Auszeichnung?« Es klang erfreut. »Ich habe sie, er hat sie mir geschenkt. Wenn er seine Sucht los ist, hat er gesagt, kann können wir heiraten, dann gehört die Auszeichnung uns. Es sollte mein Verlobungsgeschenk sein. Er hatte kein Geld, um Ringe zu kaufen.«

Johnny fragte behutsam: »Das Entlassungsgeld der Armee hatte er ausgegeben?«

»Das Heroin ist teuer, *señor*. In Vietnam ist es billig.«

Nur zu wahr. Wie viele hatten dieselbe Erfahrung machen müssen und was konnte man schon dazu sagen, ohne wie ein moralisierender Fernsehkommentator zu wirken? Schlimmer noch: Johnny spürte, wie ihm das Mädchen entglitt.

»Maria Victoria«, sagte er, »hören Sie mir zu: Heroin ist immer schlecht. Aber woran Ruben gestorben ist, das war Gift. Er war schon der Dritte. Ich weiß nicht, ob noch andere sterben müssen. Es hängt vielleicht von Ihnen ab.«

Nach langem Schweigen flüsterte sie: »Das ist nicht fair, *señor.«*

»Mit Fairness hat das nichts zu tun.« Johnnys Stimme klang nun nicht mehr sanft. »Es ist auch nicht fair, daß Ihr Ruben sterben mußte. Es ist nicht fair, daß die anderen tot sind. Es ist nicht fair, daß manche Menschen stehlen und betrügen und töten, und es ist nicht fair, wenn andere lügen, um sie noch zu schützen.« Er hielt inne. »Oder wenn sie schweigen, während sie etwas sagen könnten. Auch das ist eine Art von Lüge, Maria

Victoria.« Es ärgerte ihn selbst, daß er doch sozusagen eine Predigt halten mußte. Er hörte auch gleich damit auf.

Das Mädchen war eine Weile still, dann sagte sie schließlich: »Würden Sie mir sagen, *señor*, warum Sie uns heute nicht verhaftet und angezeigt haben? Ist es nicht verboten, nackt herumzulaufen?«

»Doch«, antwortete Johnny. »Und es ist eigentlich meine Pflicht, auf Einhaltung der Gesetze zu achten. Aber was Sie getan haben ...« Er schüttelte den Kopf und war beinahe böse auf sich selbst. »Das war nicht so wichtig. Heutzutage nicht mehr.«

»Ich glaube, es war etwas anderes«, sagte das Mädchen. »Ich glaube, es lag daran, daß Sie ein freundlicher Mensch sind und uns nicht schaden wollten. Ich danke Ihnen, *señor.*«

Zum ersten Mal hat mich jemand einen freundlichen Menschen genannt, dachte Johnny. Er wußte nicht, ob er darüber lachen oder sich freuen sollte. Cassie wäre über dieses Dilemma wahrscheinlich belustigt.

»Was sagten Sie eben?« Er sah das Mädchen an.

Sie saß ganz ruhig neben ihm, die Hände im Schoß gefaltet. Sie schien mit ihrem Gewissen ins Reine gekommen zu sein.

»Der Mann heißt Waldo, *señor*«, sagte sie. »Seinen Nachnamen kenne ich nicht. Er arbeitet in dem Motel in der Nähe des Alameda ...«

»Im ›Mid-Towner‹«, sagte Johnny. In dem Hotel also, wo Walter Wilson gewohnt hatte, ohne eine Spur, ohne Gepäck, ohne eine Eintragung ins Hotelverzeichnis zu hinterlassen. Ein Zufall? »Kennen Sie den Mann, Maria Victoria?«

»Nein, *señor*. Ruben hat mir nur seinen Namen genannt.«

»Also ein Zeugnis aus zweiter Hand, dachte Johnny. Trotzdem war es zumindest ein Hinweis. »Hat Ruben noch andere Namen erwähnt?«

»Ich kann mich an keine erinnern.«

»Walter Wilson?«

»An den Namen erinnere ich mich nicht, *señor.*« Ganz leise und kaum bemerkbar begann das Mädchen zu weinen. Ihre Worte wurden undeutlich, sie kamen stockend und mit großen

Absätzen. »Ruben war nicht böse, *señor.* Wenn er nicht – wenn er nicht gestorben wäre, hätte er es sich abgewöhnt, das weiß ich. Und wir hätten geheiratet.« Sie schwieg wieder. Dann fuhr sie fort: »Es wurde eine Seelenmesse für ihn gelesen, *señor.* Aber da er im Unrecht gestorben ist . . .«

Was soll ich dazu sagen? fragte sich Johnny und kam auf keine befriedigende Antwort. Er mußte es aber zumindest versuchen.

»Ruben hat Heroin gekauft und eingenommen«, sagte er. »Das war ebenso verboten wie das, was Sie heute getan haben. Aber es gibt schlimme und weniger schlimme Verstöße gegen das Gesetz. Und der größere Verbrecher ist der Mann, der das Heroin verkauft, dieser Waldo und die Leute, die hinter ihm stehen.« Seine Stimme bekam einen scharfen Unterton. »Die sollen in der Hölle braten, Maria Victoria – nicht Ihr Ruben, dessen Vergehen in seiner Schwäche bestand.« Das war nicht die volle Wahrheit, aber doch beinahe.

Es trat eine längere Pause ein. Dann flüsterte sie: »Ich danke Ihnen, *señor.«*

»Ich bringe Sie jetzt zurück«, sagte Johnny.

An derselben dunklen Kreuzung fuhr er langsamer und hielt an. Das Mädchen wollte die Tür öffnen.

»Augenblick«, sagte Johnny. »Hören Sie mir genau zu: Es war richtig, daß Sie mir den Namen des Mannes genannt haben, aber Sie dürfen nun nicht mehr darüber sprechen. Sie dürfen keinem Menschen sagen, daß Sie mich gesehen haben, verstehen Sie?«

»Si, señor.«

Ob es ihr wirklich klar geworden war? Johnny wußte es nicht genau. »Maria Victoria, ich will Ihnen keine Angst machen, aber . . .«

»Ich verstehe«, sagte das Mädchen ganz ruhig. »Es ist mir bekannt, was mit Leuten geschieht, die zur Polizei gehen.« Sie stieg aus und schloß die Tür. Ihr Gesicht war ein verschwommener blasser Fleck im Fensterrahmen. »Als ich Sie anrief, wußte ich, daß es mich in Schwierigkeiten bringen kann«, sagte sie. »Aber ich habe an Ruben gedacht, an das, was heute geschehen ist, was Sie gesagt haben, und was der andere sagte.« Pause. »Ich kann nicht in der Schande leben, *señor.*« Damit war sie verschwunden.

Johnny fuhr langsam zu dem Haus in der Arroyo Road zurück. Die Außenbeleuchtung war eingeschaltet, und drinnen hörte er Chico freudig bellen. Hier wurde er erwartet, hier war er erwünscht – ein Wunder. Das Leben war voller Überraschungen, auch wenn das banal klingt.

Als er aus dem Kombi stieg und auf das Haus zuging, stand Cassie schon lächelnd in der Tür. »Schön, daß du wieder da bist.«

»Bei dir.« Warum habe ich das gesagt? überlegte er.

Cassies Lächeln blieb unverändert. »*Es tu casa tambien*«, sagte sie. »Mein Haus ist auch dein Haus.« Sie hielt ihm die Tür auf, und Chico kam begeistert herausgestürzt.

Paul Harper saß wieder bei Cassie im Büro. »Fangen wir noch einmal von vorn an, Doktor«, sagte er lächelnd. »Wir brauchen Ihren Rat. Ihr Fachgebiet ist die Anthropologie und Sie sind hier zu Hause. Sie besitzen für uns wichtige Kenntnisse auf zwei Gebieten. Die Anthropologie beschäftigt sich mit dem Menschen und seiner Umgebung und auch mit den sozialen Beziehungen, nicht wahr?«

Das stimmte. Cassie machte Paul Harper ein Kompliment, weil er sich so gründlich erkundigt hatte.

»Ich weiß immer gern, worauf ich mich einlasse«, sagte Harper. »So ist das nun einmal, Doktor. Wir wollen für dieses Projekt viel Geld ausgeben, und es muß klug angelegt werden. Wenn jemand wie Sie bei der Planung mitwirkt, kann uns das vor Fehlern bewahren, die sich vielleicht als sehr kostspielig entpuppen.«

Sehr vernünftig, dachte Cassie und wußte selbst nicht, woher ihr heftiger Widerwille kam.

»Ich habe nur sehr viel zu tun, Mr. Harper«, sagte sie. »Sobald es das Wetter zuläßt, werden wir südlich von Santo Cristo eine größere Ausgrabung beginnen, die uns für lange Zeit in Atem halten wird. Dann ...«

Harper unterbrach sie: »Ihnen bietet sich hier die großartige Gelegenheit, sich selbst und der Gemeinschaft einen Dienst zu erweisen.« Als guter Verkäufer wußte er genau, wann er reden und wann er schweigen mußte. »Wir können einen Beratungsvertrag vereinbaren, der Sie zeitlich nicht allzu stark bindet. Natürlich gegen ein Honorar. Würden Sie hundert Dollar pro Tag für angemessen halten, Doktor?«

Cassie öffnete schon den Mund, machte ihn aber vorsichtshalber wieder zu. Auf dem Fußboden zu ihren Füßen klopfte Chico fragend mit dem Schwanz.

»Ich finde das großzügig«, sagte Cassie, »aber ich fürchte ...«

»Wollen Sie es sich nicht überlegen?« fragte Harper und stand auf. »Sie brauchen mir jetzt nicht zu antworten.« Er hatte ein angenehmes Lächeln, weder übertrieben noch schüchtern. »In ein paar Tagen suche ich Sie wieder auf, Doktor.« Dann ging er, bevor Cassie ihm eine Antwort geben konnte.

Cassie saß mit ausgestreckten Beinen da und dachte nach. Von Zeit zu Zeit kraulte sie Chico liebevoll hinter den Ohren, und die Gegenwart des Hundes gab ihr die Sicherheit wieder.

Bis Chico und Johnny in ihr Leben traten, war sie immer allein gewesen und fest davon überzeugt, daß ihre eigentümliche Kombination von dunkler Hautfarbe und Schönheit, von Energie und Bildung ihr die Erfüllung als Frau verbieten würde. Ein weißes Mädchen mit denselben Voraussetzungen hätte jeden Preis verlangen können, und weiß Gott wie viele Verehrer wären bereit gewesen, ihn zu bezahlen. Eine häßliche, aber kluge Schwarze mit dicken Stempelbeinen und einer Baßstimme wäre zumindest auf professioneller Ebene mit Respekt behandelt worden. Aber Cassie war eine Kombination, die sie für so unglücklich hielt, daß sie sich wie ein Ladenhüter vorkam. Bis Chico und Johnny kamen. Wie sollte sie nur ihre Gefühle erklären?

»Hundert kleine runde Dollar pro Tag«, sagte sie zu Chico. »Klingt gut, nicht wahr?«

Chico klopfte mit dem Schwanz auf den Boden.

Aber was sollte sie sich von dem Geld kaufen? Das war die

Frage. Wieviel kann man essen? Wieviel Kleider kann man tragen? Sie besaß ein Haus, Bücher, Schallplatten, ihre Arbeit – und Johnny. Sie bückte sich, als Chico wieder auf den Boden klopfte. »Und dich«, sagte sie laut. »Was brauchen wir noch mehr?«

Manche Kapazitäten halten es zwar für sehr heilsam, sich die eigenen Vorzüge bewußt zu machen, aber Cassie befriedigte es nicht. Der bloße Gedanke an hundert Dollar pro Tag Beratergebühr war schon verlockend, und Harper wußte das. Vom Geld schien überhaupt ein besonderer Reiz auszugehen, ganz abgesehen von Nützlichkeitsüberlegungen. Ich muß noch jemanden um Rat fragen, überlegte sie. Und dabei fiel ihr sofort Flora Hobbs ein.

Flora betrieb ein Etablissement, das im ganzen Südwesten nur als ›Floras House‹ bekannt war. Betrunkene wurden nicht zugelassen, man achtete in jeder Hinsicht auf Anstand, und bei Flora fanden die Männer Ruhe, Frieden und eine ehrliche Gegenleistung für ihre Dollars. Flora war eben Geschäftsfrau.

Flora hörte ihr geduldig im Salon ihres hübschen alten Hauses zu, das schon einmal im Mittelpunkt der Kontroverse gestanden hatte.

»Meine Liebe«, sagte sie, als Cassie fertig war, »ich hatte immer schon eine Vorliebe für Bargeld. Was schadet es denn, wenn Sie das Geld nehmen und dem Mann dafür einen Rat erteilen, einen vernünftigen, wie ich ganz sicher weiß.«

»Ich weiß nicht«, sagte Cassie, »es gibt da Probleme, die er noch gar nicht sieht. Wasser zum Beispiel.«

»Dann lassen Sie sich dafür bezahlen, daß Sie ihn auf diese Probleme hinweisen.« Flora wechselte das Thema. »Oder stimmt mit dem Mann etwas nicht?«

»Auch das weiß ich nicht.«

»Sie könnten sich bei der Bank erkundigen. Man kennt Sie so gut, daß Sie sich eine Frage dort schon erlauben dürfen.«

»Das habe ich.« Sie bekam immer mehr den Einruck, daß ihr Widerwille grundlos sei. »Seine Kreditwürdigkeit ist praktisch unbegrenzt. Er verfügt über erstklassige Referenzen aus den Oststaaten.«

»Aber irgendeine Ahnung stört Sie«, sagte Flora einsichtig. »Meine Liebe, könnte es vielleicht sein, daß Sie ein bißchen kopfscheu sind wie ich?« Ihre weit ausholende Geste umfaßte das ganze Haus. »Manche Leute sehen nicht gern, was ich hier betreibe, und deshalb stehe ich ein wenig außerhalb des Normalen.«

»Und ich bin, was ich bin«, sagte Cassie und nickte. Zwei Parias, dachte sie: eine Schwarze und eine Madame. Klar, daß wir die ganze Welt voll Mißtrauen betrachten.

»Gehen Sie doch zu Ben Hart«, schlug Flora vor. »Der sagt Ihnen offen, was er denkt.«

Daran hatte Cassie auch schon gedacht. Es freute sie, daß dieser Vorschlag ebenfalls von Flora kam.

»Ich glaube, das tue ich«, sagte sie.

9

Der Mann hieß Waldo Davega. Nachts arbeitete er im ›Mid Towner Motel‹ als Portier, tagsüber in Bell's Supermarkt. Johnny hätte ihn als bedächtigen, soliden Familienvater eingestuft, und ganz gewiß nicht als üblichen Rauschgifthändler. Das war verwirrend.

»Sie kannten Ruben Martinez«, begann Johnny. Er stand mit Davega im Lager des Supermarkts, umgeben von Gemüsekisten und zweifelhaften Düften.

Waldo wiederholte bedächtig den Namen. »Ruben Martinez? Kann sein. Ich kenne eine Menge Leute.«

»Einen gewissen Wilson, zum Beispiel«, sagte Johnny in einem plötzlichen Einfall. »Er war vor ein paar Monaten Gast im Motel.« Veränderte sich etwas in Waldos Augen? »Walter Wilson«, fügte Johnny hinzu.

»Den kenne ich nicht.« Das kam zu rasch und zu entschieden.

»Niemand scheint ihn zu kennen«, sagte Johnny. »Und niemand scheint zu wissen, was aus seinem Gepäck geworden ist.« Das war eine neue Fährte, aber im Vordergrund stand Ruben

Martinez. Johnny fuhr fort: »Ruben Martinez ist tot. Auch zwei andere sind gestorben, und zwar an derselben Ursache: unsauberes Rauschgift. Sie sollen es verkauft haben.« Das traute er diesem Mann zwar nicht zu, aber etwas mußte schon dahinterstecken, sonst hätte Maria Victoria den Namen nicht gewußt.

Waldo bekam plötzlich Angst, das war deutlich zu merken. Sein Blick irrte ziellos umher. »Davon weiß ich überhaupt nichts«, sagte er. »Ich verstehe gar nichts von Rauschgift. Ich kenne Ruben Martinez nicht, und auch keinen Walter Wilson. Aber jetzt muß ich wieder arbeiten . . .«

»Nachdem Sie mir ein paar Fragen beantwortet haben«, unterbrach ihn Johnny. Dann sagte er mit besonderem Nachdruck: »Drei Tote. Vier, wenn man Wilson mitrechnet.«

»Ich sag' Ihnen doch, daß ich ihn nicht kenne! Vielleicht habe ich ihn ein paarmal gesehen, wenn er sich Münzen fürs Telefon gewechselt hat oder etwas in den Safe bringen wollte . . .«

»Halt«, unterbrach ihn Johnny wieder. Ein Gedanke kam ihm: »Was hat er denn zum Beispiel in den Safe gebracht?«

»Ich hab' ja nicht gesagt, daß er etwas in den Safe gestellt hat, ich sagte nur vielleicht. Ich – ich weiß es nicht mehr.«

»Sie sollten sich aber daran erinnern«, sagte Johnny. Dann setzte er sich auf eine Gemüsekiste. »Ich habe jede Menge Zeit«, fuhr er im Plauderton fort. »Sie übrigens auch.«

»Ich muß arbeiten.«

»Sie werden jetzt überhaupt nichts arbeiten, bis Ihnen ein paar Dinge eingefallen sind.« Johnny dachte im Augenblick nicht an Ruben Martinez sondern an Walter Wilson. Vielleicht waren die beiden Namen auch eng miteinander verbunden, und je länger Johnny nachdachte, um so sicherer glaubte er das. »Walter Wilson wollte also etwas im Safe aufbewahren, fangen wir da an. Was war es?«

Waldos Augen fanden keinen Ruhepunkt. »Ich weiß es nicht. Es . . . ich meine, ich erinnere mich nicht mehr.«

Manche Leute muß man hart anfassen, wenn man etwas erfahren will, aber andere bekommen dann so viel Angst, daß sie mit lähmendem Schweigen reagieren. Bei Leuten wie Waldo brauchte man eben Geduld.

»Was war's?« wiederholte Johnny. »Früher oder später werden Sie es mir doch sagen.« Er ließ keinen Blick von Waldos Gesicht. »Im Gegensatz zu Ihnen bin ich ein sehr geduldiger Mensch.«

Waldo zögerte, dann holte er tief Luft. »Es war nur ein Paket.« Er zeigte mit beiden Händen die Größe. »Ein kleines Päckchen, ein eingewickelter Karton.«

Johnny nickte. »Bis jetzt ganz gut«, sagte er. »Was ist aus dem Kästchen geworden?« Waldos Gesicht fiel auseinander wie auf einer Fotografie, die man zu stark vergrößert. Lange hielt der Mann nicht mehr stand, dachte Johnny, und wiederholte: »Was ist daraus geworden?«

Waldo rollte mit den Augen wie ein verängstigtes Pferd. »Er hat's wiedergekriegt, ja, so war's. Er hat das Paket verlangt, und ich hab's ihm gegeben.«

»Nein«, sagte Johnny sehr freundlich. »Er hat überhaupt nichts verlangt. Er war tot und im Schnee begraben. Sein kleines Kästchen lag immer noch im Safe, und alle seine Sachen lagen im Zimmer, wie er es verlassen hat. Fangen wir noch einmal von vorn an, Waldo.«

»Oh, Gott«, murmelte Waldo und ließ sich vorsichtig auf der vorderen Kante einer Melonenkiste nieder. »Sie machen mir nur Ärger.«

»Nein«, sagte Johnny noch einmal. »Sie haben sich den Ärger gemacht, und wenn Sie nicht aufpassen, kriegen Sie noch mehr. Bleiben Sie ganz ruhig sitzen, und denken Sie über die Sache nach.«

»Sie . . .«, begann Waldo, dann schüttelte er hilflos den Kopf.

Johnny ließ sich Zeit. Dann sagte er: »Ich glaube, ich weiß schon, wie es war: Wilson wurde getötet. Ich weiß, wie und wo das geschehen ist, und wie er unter den Schnee am Skihang geraten ist.« Waldo betrachtete ihn wie hypnotisiert. »Aber Sie wußten es nicht«, fuhr Johnny fort. »Bis zum nächsten Morgen wußte es niemand im Motel.« Das waren zwar nur Vermutungen, aber anders konnte es kaum gewesen sein. »Als das Mädchen Wilsons Zimmer aufräumen wollte, fand sie es leer vor. Alles war weg, nicht wahr?«

Waldo klappte schweigend den Mund auf und zu und fixierte Johnny aus weit aufgerissenen Augen.

»Sein Mörder hatte sich den Zimmerschlüssel geholt und das Zimmer ausgeräumt.« Allmählich erkannte Johnny die Zusammenhänge. »Hatte der Mann etwas Bestimmtes gesucht? Höchstwahrscheinlich. Aber er wußte nichts von dem Kästchen im Safe. Er hätte auch nicht danach gefragt, wenn er es gewußt hätte, weil er sich das nicht leisten konnte – also ist das Paket dort liegen geblieben.« Wieder machte er eine Pause. »Haben Sie es gleich am nächsten Abend genommen, Waldo? Sobald Sie hörten, daß Wilson mit seinen Sachen verschwunden war?«

Schweigen.

Johnny stand von seiner Kiste auf, schlenderte langsam durch das Lager, kam wieder zurück und blieb vor Waldo stehen. »Sind Sie verheiratet?«

Der Mann nickte.

»Kinder?«

Waldo fuhr sich mit der Zunge über die Lippen. »Acht.«

Es paßt alles zusammen, dachte Johnny. Verdammt noch mal, es paßt gut: Aus Armut und echter Not tut man alles Mögliche.

»Sie arbeiten am Tag hier und nachts im Motel«, sagte er. »Aber es genügt immer noch nicht, wie? Es ist nicht genug für eine Frau und acht Kinder und vielleicht noch ein paar weitere Verwandte.« Die Bejahung stand dem Mann im Gesicht geschrieben. »Sie wußten zwar nicht, was in dem Paket drin war, aber es mußte wertvoll sein, sonst hätte Wilson es nicht im Safe aufbewahren lassen. Wilson war offenbar verschwunden und konnte keine Anzeige mehr erstatten. Was war in dem Paket, Waldo?«

»Ich ...« Waldo schüttelte den Kopf und sah Johnny flehend an.

»Sie wußten nicht, was es war«, half ihm Johnny. »Aber Sie konnten es sich denken. Es war weißes Pulver, nicht wahr?«

Nach einer längeren Pause folgte ein zögerndes Nicken.

»Sie haben sich also nach jemandem umgesehen, der etwas

davon verstand und der wußte, was man damit machen kann. Wieviel hat er dafür bezahlt, Waldo?«

Der Widerstand des Mannes brach zusammen. »Zehn Dollar. Ich dachte zwar, es wäre mehr wert, aber ich wußte es nicht.«

Er hockte mit vornübergesunkenen Schultern da.

»Und er hat etwas von dem Zeug drei Leuten verkauft«, sagte Johnny. »Vermutlich hat jeder von den dreien mehr als nur zehn Dollar bezahlen müssen. Und sie haben sich damit umgebracht.« Bei diesen Worten empfand er nicht einmal Mitleid, sondern vielmehr eine eiskalte Wut, die sich gegen alle Beteiligten richtete: Gegen Wilson und Wilsons Mörder, gegen Joe Warren, der Wilsons Leiche beseitigt hatte, gegen Waldo, seine Habgier und seine Dummheit – am meisten jedoch gegen den letzten Mann in dieser Kette.

»Wer war es, Waldo?«

Waldo schloß die Augen, er war den Tränen nahe. »Mein Schwager«, flüsterte er. »Der Bruder meiner Frau.«

»Den holen wir uns«, sagte Johnny zu Tony. »Sein Name ist Pete Gardena.«

»Ich kenne ihn«, sagte Tony. »Man hätte ihn gleich bei der Geburt ersäufen sollen. Ich kenne auch seine Schwester Felicia. Sie hat sich immer bemüht, auf ihn aufzupassen.« Tony schüttelte den Kopf. »Aber bei Pete gelingt das niemandem.«

»Wenn du ihn abholst, fahr' mit ihm zu Miss McDade«, sagte Johnny. »Ich möchte wissen, ob sie ihn beim Betreten des Sexkinos beobachtet hat.« Er schüttelte den Kopf. »Ich glaube zwar nicht, daß er mit Wilsons Tod etwas zu tun hatte, aber wir müssen das trotzdem überprüfen.«

Er ging hinüber in sein Büro und stand eine ganze Weile da. Dann verließ er, getrieben von einem Zwang, gegen den er machtlos war, das Gebäude und trat hinaus in die frische Luft und die Sonne.

Die Plaza war fast menschenleer. Hier und da schlenderten ein paar Touristen vorbei und machten ihre Schnappschüsse.

Aber niemand hatte genug Zeit, sich hinzusetzen. Johnny suchte sich eine sonnige Bank und ließ seine Gedanken wandern.

Wilson hatte also schlechtes Heroin besessen. Das war der Ausgangspunkt. Wie war er daran gekommen und warum trug er es bei sich? Wenn Snyder als Fachmann recht hatte, wovon Johnny überzeugt war, dann mußte Wilson in seiner Rolle als Kassierer der Organisation normalerweise außer Geld nichts bei sich führen. Und warum wollte er das Zeug im Safe des Motels verstauen? Etwas daran stimmte nicht. Oder? Johnny lauschte, aber keine seiner inneren Stimmen gab ihm eine Antwort auf diese Frage.

Plötzlich hielt er die Untätigkeit nicht mehr aus. Er stand auf und begann, ziellos herumzulaufen. Oder? Dieses Wort ging ihm immer wieder durch den Kopf. Selbst wenn die Antwort darauf nur in einer wilden Vermutung bestand, war das zumindest eine neue Fährte. Hatte Wilson etwa Angst, jemand könnte versuchen, ihm das Heroin abzunehmen?

Wer? Und warum? Johnny konzentrierte sich zunächst auf das Warum. Heroin ist wertvoll. Aber es war schlechtes Heroin-Gift. Wußte Wilson das? Wollte er es deswegen einschließen?

Johnny schnippte mit den Fingern und schritt ein wenig rascher aus. Vielleicht wußte Wilson, daß es sich um schlechtes Heroin handelte und daß es dadurch ganz besonders wertvoll war. Hatte Wilson vielleicht erfahren, daß hier jemand mit schlechtem Heroin handelte? Nach Snyders Auskunft waren Todesfälle schlecht für das Geschäft. Zumindest vom Standpunkt der Organisation aus. Wilson war doch wohl ein Mitarbeiter der Zentrale, nicht wahr? Wollte er das schlechte Heroin mit nach Hause nehmen, um zu beweisen, daß jemand querschoß? Oder versuchte Wilson umgekehrt, seinem Chef einen Strick zu drehen, indem er schlechtes Heroin verbreitete?

Denk nach, Juan Felipe! Aber wie soll man die Antworten finden, wenn der einzige Mann, der sie weiß, seit Monaten tot ist?

Die Glocken der Kathedrale läuteten, und die Tauben stoben erschreckt von den Türmen auf. Johnny sah hinauf zu diesen

Türmen und dachte an einen Toten; nein, an vier Tote, nämlich Wilson und die drei von Martinez' Sorte, die an dem schlechten Heroin gestorben waren. Irgendwo im Hintergrund seines Verstandes lauerte ein neuer Gedanke, aber er wollte sich noch nicht fassen lassen.

Warum?

Die Glocken hörten zu läuten auf, ihr Echo verklang. Eine Taube flog zum Turm zurück, andere folgten ihr. Wenn eine Taube auffliegt, folgen ihr alle anderen. Wenn ein Mann stirbt, sterben auch alle anderen – an schlechtem Heroin. Alle? Nur drei. Bist du ganz sicher, Juan Felipe? Sind es nur drei? Hier in Santo Cristo waren es nur drei, aber ein Kassierer wie Wilson bearbeitet sicherlich einen größeren Bezirk. Hatte es vielleicht in anderen Teilen des amerikanischen Südwestens Todesfälle durch schlechtes Heroin gegeben? Durchaus möglich, nicht wahr?

Es war zumindest ein neuer Ansatzpunkt.

Gardena saß massig, schlampig und trotzig in Johnnys Büro und war der ganzen Welt böse. An der Wand lehnte Tony Lopez.

Gardena sagte: »Waldo, dieser kleine Scheißer, ist ein verdammter Lügner, wenn er behauptet, daß ich ihm das Zeug abgekauft habe. Wo soll der denn Heroin hernehmen? Er weiß nicht einmal, was das ist.«

»Niemand hat etwas von Heroin gesagt«, bemerkte Johnny.

»Okay«, sagte Gardena, »was soll's denn sonst sein? Vielleicht Hasch?«

»Gift«, erklärte Johnny. »Drei Menschen sind daran gestorben.« Er nannte die Namen.

Gardena schüttelte verdattert den Kopf. »Mein Gott, wollen Sie mich deshalb festnageln? Sie ...«

»Wir kriegen Sie schon«, unterbrach ihn Johnny. Dann kam ihm ein neuer Gedanke: »Es sei denn, ein anderer kriegt Sie vor uns.«

Zum ersten Mal wurde Gardena schwankend. »Was soll das nun wieder heißen?«

»Sie haben Rauschgift gekauft, das Ihrem Schwager nicht gehörte«, erklärte Johnny und hob eine Hand. »Sie haben mir eine Frage gestellt, und ich antworte darauf. Seien Sie also still – Sie haben drei Portionen verkauft. Drei Tote.« Wieder eine Pause. »Die Leute, denen das Rauschgift gehörte, halten nichts von Todesfällen durch schlechtes Heroin. Das schadet dem Geschäft.« Die dritte Pause fiel länger aus. »Und sie mögen es auch nicht, wenn ihnen Amateure dazwischen pfuschen. Amateure wie Sie. An Ihrer Stelle würde ich alle dunklen Orte meiden.«

Er stand auf. »Laß ihn laufen, Tony. Mal sehen, wie weit er kommt.«

Tony tippte Gardena auf die Schulter. Schwerfällig erhob sich der Mann. Er sah Johnny fragend an. »Sie wollen mich 'reinlegen.«

»So?« Johnny schüttelte den Kopf. Um seine Lippen spielte ein kleines, unangenehmes Lächeln. »Sie wissen doch genau, daß wir nichts beweisen können – noch nicht. Und solange wir keine Beweise haben, können wir auch nichts unternehmen. Aber die anderen, denen Sie ins Geschäft gepfuscht haben ...« Er schüttelte wieder den Kopf, nur lächelte er diesmal nicht. »Die brauchen keine Beweise, Gardena. Wenn sie ihrer Sache sicher sind – und das dürften sie sein –, werden sie dafür sorgen, daß Sie ihnen nicht mehr in die Quere kommen. Es sind harte Geschäftsleute, die so etwas wie Sie nicht dulden.«

Gardena begann unentschlossen: »Verdammte Bullen ...« Aber es klang nicht sehr überzeugt. Er schluckte: »Hören Sie ...«

»Schaff ihn weg«, sagte Johnny. »Er stinkt. Ich bin drüben im Fernschreibraum.« Er ging hinaus.

Er stand vor dem klappernden Fernschreiber, als Tony eintrat. »Du hast ihm Angst gemacht, Amigo.«

»Das wollte ich.«

»Wie meinst du das?«

»Ich weiß nicht. Wilson hatte das Rauschgift bei sich, und ich glaube, daß er zu der Organisation gehörte.« Johnny sah seinen

Freund an. »Was hältst du davon – vorausgesetzt, daß diese Theorie stimmt?«

Tony antwortete bedächtig: »Ich würde sagen, daß ich dann nicht in Pete Gardenas Schuhen stecken möchte.«

Johnny nickte. »Ich auch nicht.« Er betrachtete wieder den Fernschreiber. Ruckweise kroch ein gelber Papierbogen heraus und füllte sich Zeile um Zeile mit Buchstaben. Johnny las die Mitteilung. »Ich glaube, daß unsere Vermutung stimmt«, sagte er. »Sieh mal: Tucson, Phoenix, El Paso – je ein Todesfall durch schlechtes Heroin, und zwar im Dezember.« Er sah wieder Tony an. »Als Wilson noch lebte. Darum sollte man sich kümmern, nicht wahr?«

10

Zu Ben Harts Ranch führte von der Rindersperre an der Hauptstraße aus noch eine Privatstraße von acht Meilen Länge. Das Wohnzimmer war zweistöckig gebaut, und eine Wand bestand fast nur aus Glas. Der Ausblick zum Gebirge war grandios. An diesem kühlen Frühsommertag brannte in dem großen Kamin ein Feuer.

»Ich freue mich immer, Sie zu sehen«, sagte Ben. »Setzen Sie sich, legen Sie die Beine hoch und erzählen Sie mir, was Sie auf dem Herzen haben.«

»Jetzt, wo ich hier bin, weiß ich nicht, wie ich anfangen soll«, antwortete Cassie.

»Von vorn«, schlug Ben vor. »Oder meinetwegen auch am Ende oder in der Mitte. Mit mir kann man doch vernünftig reden, meistens jedenfalls.« Er lächelte.

Genau da lag für Cassie einer der Unsicherheitsfaktoren. Mit dem Alten war meistens gut auszukommen, aber manchmal legte er auch die Ohren zurück, stemmte die Fersen in den Boden und wich um keinen Zentimeter. Nachgiebigkeit gehörte nicht zu den Charaktereigenschaften Ben Harts.

»Mir ist ein Beratervertrag angeboten worden«, sagte Cassie.

»Er bezieht sich auf gewisse Aspekte eines Entwicklungsprojekts. Nennen wir es einmal angewandte Anthropologie.«

Ben stemmte sich aus seinem Sessel hoch, ging hinüber zum Kamin und versetzte einem Scheit mit der langen Feuerzange einen wütenden Stoß. Dann lehnte er die Zange wieder an die Mauer und drehte sich um.

»Harper?«

Cassie nickte. »Sie sind dagegen.«

»Das habe ich nicht gesagt.« Ben zögerte. »Ich mag Harper und seinesgleichen nicht. Und mir wär's auch lieber, wenn das Land leer bliebe, wie es ist. Aber zum Teufel, es hat sich manches getan, was mir nicht gefällt, Teerstraßen, überall Zäune, zu viele Menschen, und der Rauch des gottverdammten Kraftwerks zweihundert Meilen entfernt macht uns hier die reine Luft kaputt.« Ben breitete die Hände aus. »Ich versuche Harper aufzuhalten, auch wenn er es noch nicht weiß. Aber wenn es mir nicht gelingt, wäre es mir schon lieber, daß jemand, wie zum Beispiel Sie, ihn auf vernünftige Gedanken bringt. Falls das möglich ist.«

»Das weiß ich nicht«, sagte Cassie, »aber ich kann's versuchen.«

Ben stand immer noch aufgerichtet da wie ein drohender Bär. »Ein Geck aus dem Osten«, sagte er. »Er repräsentiert einen Haufen Geld, das gewinnbringend angelegt werden soll. Im Osten gibt's kein freies Land mehr, da sind die Leute schon zusammengedrängt wie die Heringe. Drum holen Sie sich jetzt unser Land.« Er schüttelte den Kopf. »Vielleicht muß das so sein, ich weiß es nicht. Aber drüben in Arizona sollen angeblich taschentuchgroße Parzellen an Leute verkauft werden, die sie nie gesehen haben und die nicht wissen, daß sie nur Dreck, Sagegras und wilde Kaninchen kaufen. Vielleicht ein bißchen Wasser, falls man es findet. Und falls man es sich leisten kann, einen Brunnen zu bohren, der tief genug ist.«

»Davon habe ich gelesen«, sagte Cassie. »So weit darf es hier nicht kommen.«

Ben seufzte. »Vielleicht läßt sich das nicht verhindern, Mädchen. Aber vielleicht gelingt es mir auch, ein Gegenfeuer anzuzünden.« Er nickte bekräftigend. »Nur zu, nehmen Sie das Geld, damit er Ihnen zuhört.«

Sie fühlte sich unendlich erleichtert. »Danke, Ben.«

»Und nun trinken wir einen Schluck miteinander und sprechen über etwas Erfreuliches. Ich wollte Sie ohnehin anrufen. Das Picknick ist am Samstag. Kommen Sie gegen Mittag mit Ihrem Apachen her.« Er lächelte. »Wann Sie wieder nach Hause kommen, kann ich Ihnen allerdings nicht garantieren.«

Johnny wartete schon in Cassies Büro im Museum. Er sah auf die Uhr, als sie eintrat.

»Wenig Zeit, *chica*. Das Flugzeug wartet nicht.« Er gab ihr einen Kuß. »Tucson, Phoenix, El Paso, in der Reihenfolge. Wann ich wiederkomme ...«

»Ben veranstaltet am Samstag sein Picknick. Dann bist du doch wieder zurück?«

»Das möchte ich nicht versäumen.« Dieses Mal fiel sein Kuß länger aus. Dann ließ er sie los und murmelte: »*Hasta luego, querida.*«

»*Vayas con Dios.*« Sie sah ihm nach, wie er den Korridor entlangging. Über Harper konnte sie ihm nichts erzählen. Was würde er wohl dazu sagen?

In Tucson saß Johnny im Büro des Gerichtsmediziners und sah dem Arzt zu, wie er Doc Easys detaillierten Autopsie-Bericht las. Dann nickte der Doktor und legte die Papiere hin. »Ich schicke Ihnen eine Kopie unseres hiesigen Berichts, Lieutenant. Er lautet fast identisch.« Er betrachtete Johnny. »Haben Sie dafür eine Erklärung?«

»Vielleicht.« Die Spur war zumindest noch brauchbar. »Der Mann, der das schlechte Heroin in Santo Cristo eingeschleppt hat, oder es zumindest besaß, wurde Anfang Januar getötet. Kann sein, daß er im Dezember, als sich Ihr Todesfall ereignete, hier war.« Er steckte seine Papiere ein. »Mal sehen, ob ich es herausfinde.«

»Viel Glück«, sagte der Arzt.

Es war nicht schwierig, sondern nur mühsam. Die Polizei von

Tucson stellte ihm einen Wagen und als Fahrer einen kräftigen rothaarigen, sommersprossigen jungen Mann namens Peters zur Verfügung, der überraschenderweise fließend Spanisch sprach. »Einen *Hijo de puta*, einen Hurensohn, der Rauschgift vertreibt, sollte man bei seinen *cojone*s aufhängen.« Dann fuhr er auf Englisch fort: »Den Sohn eines Kriegskameraden aus Vietnam hat's erwischt. Das bricht einem das Herz, und man möchte irgend jemandem das Genick brechen. Wo haben Sie angefangen?«

»In Santo Cristo«, antwortete Johnny. »Walter Wilson wohnte in einem Hotel mitten in der Stadt. Wenn wir ihn richtig einschätzen, bevorzugte er eine Stelle, wo er für Kontaktpersonen leicht erreichbar war, und kein abgelegenes Hotel.«

»Klar.«

»Er scheint einige seiner Verbindungsleute in einem Sexkino getroffen zu haben«, fuhr Johnny fort.

Peters grinste. »Wo gibt's da heutzutage noch einen Unterschied?« Sie fuhren los. »Bei uns kommen drei oder vier Motels in Betracht. Wir klappern sie mal ab.«

Im fünften Motel in einer stillen Seitenstraße wurden sie fündig. »Am 18. und 19. Dezember«, sagte Peters. »Walter Wilson aus New York City. Ist das Ihr Mann?« Er reichte Johnny die Eintragung.

Es war eindeutig dieselbe Handschrift. Johnny holte Wilsons Bild hervor. Der Geschäftsführer schüttelte zweifelnd den Kopf. »Kann sein oder auch nicht. Es ist schon lange her.«

»Denken Sie scharf nach«, sagte Peters.

»Hat dieser Mann vielleicht etwas im Safe aufbewahren lassen?« fragte Johnny.

Der Geschäftsführer überlegte eine Weile. »Was zum Beispiel? Reiseschecks, Geld oder Schmuck?«

»Einen eingewickelten Kasten, ungefähr von dieser Größe.« Johnny deutete ihn an. Das Gesicht seines Gegenübers erhellte sich.

»Ja, jetzt weiß ich's wieder! Ich hab' mir damals überlegt, was drin sein könnte. Das Zeug war schwer, aber das geht mich ja nichts an.«

Peters kramte immer noch in der Kartei. »So was habe ich noch nie gesehen«, sagte er. »Aber die Leute kommen aus allen Himmelsrichtungen, wie?«

»Unser Klima«, erklärte der Geschäftsführer.

Peters grinste. »Ist das Klima bei euch in Santo Cristo nicht auch sehr gesund?« Er holte zwei Karten heraus. »Sehen Sie mal.«

Die erste Karte lautete: Mr. George March jr. und Frau, Lodge, Santo Cristo.

Johnny machte große Augen. Das waren Sonny March und seine Frau, mit denen Wilson im »Lodge« gespeist hatte.

»Ist das was?« fragte Peters.

»Vielleicht.« Johnny betrachtete die zweite Karte: Paul Harper, Camino Encantado, Santo Cristo. »Jetzt kommen wir der Sache näher«, sagte Johnny und notierte sich die Daten: Das Ehepaar March hatte am 19. und 20. Dezember im Motel übernachtet, Harper nur in der Nacht vom 16. zum 17. Dezember.

»Harper war also wieder fort, bevor Wilson eintraf«, sagte er draußen im Wagen. »Aber Sonny March und seine Frau waren gleichzeitig mit Wilson hier.« Er schüttelte nachdenklich den Kopf. »Soviel ich weiß, kannten Harper und Wilson einander nicht, und das Hiersein der Marchs kann reiner Zufall gewesen sein.«

»Nur glauben Sie das nicht ,wie?«

Johnny zeigte seine blitzendweißen Zähne. »Ich bin ein mißtrauischer Mensch, Amigo.«

Am nächsten Tag in Phoenix war es heiß und turbulent. Vor nicht allzu langer Zeit, überlegte Johnny, war selbst Phoenix in Arizona nichts anderes gewesen als eine verschlafene Kleinstadt. Und noch eine Weile weiter zurück waren seine Vorfahren durch das weite offene Land gezogen, und die Europäer, die damals hier wohnten, hatten sich nur in größeren Trupps aus ihren Städten gewagt. Nur der Wandel ist von Dauer, dachte er – und selten ein Wandel zum Besseren.

Der Polizeiarzt in Phoenix überlas Doc Easys Autopsie-Bericht und erklärte sofort: »Der einzige Unterschied ist das

Datum. Bei uns ereignete sich der Todesfall am ersten Weihnachtsfeiertag.« Er sah Johnny an. »Ausgerechnet, wie?«

Für Johnny spielte der Tag, an dem man sterben mußte, gar keine Rolle, aber er nickte ernst. Dann fuhr er zur Polizei.

Es lief alles wie in Tucson, nur hieß sein Fahrer hier Gonzales. »Ins Stadtzentrum?« fragte Gonzales. »Versuchen wir es mal.« Er sah Johnny vorwurfsvoll von der Seite an. »Wir sind hier keine Pionierstadt, sondern recht zivilisiert.«

Johnny schwieg.

»Ich will damit sagen«, fuhr Gonzales fort, »daß wir Rauschgifthändler hart anfassen. Gesetz und Ordnung, verstehen Sie? Wenn Sie nach einer Organisation suchen, sind Sie hier an der falschen Adresse. Fahren Sie nach Vegas oder Los Angeles.«

»Erst mal wollen wir es hier versuchen. Okay?«

»Okay.« Gonzales wendete. »Ich tue alles, was man mir sagt.«

Diesmal waren sechs Kontrollen nötig. Dann hielt Johnny die richtige Karte in der Hand: Walter Wilson, New York City, 21. bis 25. Dezember.

Gonzales wurde wütend. Johnny zeigte dem Geschäftsführer des Hotels das Foto.

»Ja, ich erkenne ihn«, sagte der Mann. »An den Namen Wilson erinnere ich mich allerdings nicht mehr.«

»Aber vielleicht an andere Kleinigkeiten«, sagte Johnny. »Er hatte ein kleines eingepacktes Kästchen bei sich und ließ es vermutlich im Safe unterbringen.« Der Geschäftsführer schien sich nicht zu erinnern. »Außerdem trank er Dubonnet mit Tonic«, fuhr Johnny fort.

Da lächelte der Hotelmanager. »Jetzt weiß ich's wieder! Das ist mir noch nie vorgekommen: Dubonnet und Tonic. Der Barmixer hat's mir erzählt. Und jetzt erinnere ich mich auch wieder an das Kästchen.« Er nickte. »Ja, der Mann hieß Wilson.«

Johnny blättert die anderen Eintragungen aus dem Dezember durch. March fand er nicht, aber am 17. Dezember, einen Tag nach Tucson, war Paul Harper hier gewesen. Er notierte es sich.

Im Wagen fragte Gonzales: »Warum ist das kleine Kästchen so wichtig?«

»Auch wenn es Ihren Bürgerstolz erschüttert«, antwortete Johnny lächelnd, »muß ich Ihnen sagen, daß in Santo Cristo in dem Kästchen immer noch genug schlechtes Heroin übrig war, um dort drei Leute umzubringen.« Er konnte sich nicht verkneifen hinzuzufügen: »Sie lieben zwar Gesetz und Ordnung, aber vielleicht packen Sie die falschen Leute hart an.«

Am nächsten Tag flog er nach El Paso und fragte sich, ob sich seit dem 17. Jahrhundert wirklich so viel geändert hatte. Die Polizei mußte sich damals wie heute mit Verbrechen auseinandersetzen, und vielleicht bewegte sich der sogenannte Fortschritt überhaupt nur im Kreise.

Der Gerichtsarzt bestätigte ihm: »Kein Zweifel, das sind dieselben Berichte.« Er sah Johnny scharf an. »Also auch in Tucson und Phoenix? Wie erklären Sie sich das, Lieutenant?«

»Ich weiß es noch nicht genau.«

»Es geht nicht darum, daß jemand an einer Überdosis stirbt«, fuhr der Arzt fort. »Das kommt vor. Die Droge kann auch töten, wenn sie rein ist. Sogar Aspirin kann das. Aber wir sprechen hier von vergiftetem Heroin, und zwar von wahrscheinlich absichtlich vergiftetem. Warum?«

»Dazu habe ich nur ein paar Vermutungen«, antwortete Johnny.

Der Arzt betrachtete ihn. »Und die wollen Sie erst verraten, wenn Sie Ihrer Sache sicher sind.« Er nickte. »Lieutenant, die Leute reden ohnehin zuviel. Aber lassen wir das. Sagen Sie mir Bescheid, wenn ich Ihnen helfen kann. Ich hoffe, daß in der Hölle für die Rauschgifthändler eine besonders heiße Ecke reserviert ist, selbst wenn sie Zeug verkaufen, das nicht vergiftet ist.«

Johnny kam am Freitag rechtzeitig zum Abendessen nach Santo Cristo zurück und fuhr sofort zu Cassie in die Arroyo Road. Chico hüpfte vor Freude, und genau so herzlich fiel Cassies Umarmung aus.

»Wir haben dich vermißt.«

»Immer noch?« Johnny holte ein kleines, flaches Päckchen hervor und drückte es ihr in die Hand. »Das habe ich in Tucson gefunden.« Verschämt wie ein kleiner Junge wartete er, bis sie ausgepackt hatte.

»Johnny! Ist das hübsch!« Es war ein dünner, geschliffener Schnitt durch einen Stein, das Ganze in Silber gefaßt und an einem dünnen Kettchen befestigt. Im Mittelpunkt der Geode glitzerten Sterne. Cassie legte sich das Schmuckstück um. Der durchschnittene Kristall baumelte zwischen ihren Brüsten. »Hübsch«, murmelte sie noch einmal.

»Das finde ich auch«, sagte Johnny lächelnd.

Nach dem Essen saßen sie, ein Glas in der Hand, vor dem Kamin. Johnny berichtete über Wilsons Besuche in Tucson, Phoenix und El Paso. »Das Motel in El Paso liegt in der Nähe des Flughafens. Das könnte bedeuten, daß er dort auswärtige Kontakte gesucht hat.« Er sah in sein Notizbuch. »Er war vom 26. Dezember bis Silvester dort. Das Ehepaar March ist in El Paso nicht verzeichnet, aber Paul Harper war am 24. Dezember dort. Am 26. ereignete sich der Todesfall in El Paso.« Er saß eine Weile schweigend da und starrte in das Notizbuch. Dann murmelte er: »Komisch.«

»Johnny«, fragte Cassie ernst. »Was hat Paul Harper mit der Sache zu tun?«

»Weiß ich nicht, *chica.* Aber wenn sich die Zufälle so häufen, wird man doch nachdenklich.« Sein Blick war immer noch auf die Notizbuchseite gerichtet. »Wilson kannte die Marches. Er hat einen oder zwei Tage vor seinem Tod hier in Santo Cristo mit ihnen gegessen.«

»Vielleicht hat er sie in Tucson zufällig kennengelernt«, sagte Cassie mit ausdrucksloser Miene. »Sie könnten sich für Santo Cristo verabredet haben.«

»Möglich. Aber Paul Harper ist ein anderer Fall.«

»Warum?«

Johnny sah sie aufmerksam an. »*Chica,* das siehst du doch selbst.«

»Sag's mir trotzdem.«

Etwas stand zwischen ihnen. Johnny wußte nicht, was es

war. Er nickte. »Okay. In jeder Stadt war Harper wenige Tage vor Wilson in dem betreffenden Hotel. Der Zeitunterschied betrug in Tucson einen Tag, in Phoenix vier Tage, in El Paso zwei Tage.«

»Was bedeutet das?«

»Die Hotels gehören nicht mal zur selben Kette«, fuhr Johnny fort. »Es wäre etwas anderes, wenn sie beispielsweise zu den ›Holiday Inns‹ gehörten. Dann würde man immer gleich im nächsten Motel Zimmer reservieren. Ganz verschiedene Motels in ganz verschiedenen Städten – aber wenn Wilson kam, war immer Harper kurz vorher dagewesen. Findest du das nicht eigenartig?«

»Sie sind sich nicht begegnet.«

»Nein, *chica,* soviel ich weiß, haben sie sich nicht gesehen. Aber es kommt noch etwas hinzu. Zwei der Todesfälle, in Tucson und El Paso, ereigneten sich an dem Tag der Ankunft Wilsons. Aber Harper war jeweils mindestens zwei Tage vor den Todesfällen in der betreffenden Stadt gewesen.«

»Johnny.«

»Was stört dich daran?« Er klappte das Büchlein zu.

»Das sind Verdächtigungen ohne Beweise. So etwas sieht dir nicht ähnlich.« Und ob es ihm ähnlich sah, einer Ahnung nachzugehen. Nur hätte sie das im Augenblick nie zugegeben.

»Ich gebe zu, *chica,* daß ich nur rate. Ich habe bloß gesagt, es sieht komisch aus. Wilson hatte in Tucson, Phoenix und El Paso immer ein kleines Kästchen bei sich, vermutlich dasselbe, das schließlich hier bei Pete Gardena gelandet ist. Er hat es immer in den Hotelsafe legen lassen. Nach meiner Ansicht tat er es, weil er normalerweise mit Geld und nicht mit Rauschgift umging und das Kästchen nicht in Händen haben wollte – aber es mitnehmen mußte.«

»Warum aber? Warum hat er es nicht per Post an das von dir erfundene Zentralbüro geschickt?«

»Sei doch nicht so kratzbürstig, *chica*«, sagte Johnny und wartete. Als keine Antwort kam, fuhr er fort: »Wenn ich recht habe, konnte er das Päckchen nicht der Post anvertrauen, weil er nicht sicher sein konnte, wer es beim Empfänger öffnet.

Wenn Wilson eine faule Stelle in der Organisation aufgedeckt hatte, konnte er nicht wissen, wie viele Leute daran beteiligt sein mochten. Deshalb mußte er das Päckchen mitnehmen, um es persönlich abzuliefern.«

Cassie fragte zurückhaltend: »Woher willst du wissen, daß er eine faule Stelle entdeckt hatte?«

»Drei Menschen sind an vergiftetem Rauschgift gestorben, davon einer am Tag seiner Ankunft in Tucson.« Pause. »Zwei Tage nach Harpers Aufenthalt dort.«

»Da haben wir's schon wieder!« rief Cassie. »Du deutest damit an, Paul Harper könnte in die Sache verwickelt sein, und das ist geradezu lächerlich.«

»Vielleicht.« Johnny starrte lange Zeit schweigend ins Feuer. Chico erhob sich und schob ihm die kühle Hundeschnauze in die herunterhängende Hand. Johnny streichelte den Hund und sagte schließlich: »Ich weiß nicht, *chica*, was los ist, aber . . .«

»Nichts ist los.«

»Okay, gehen wir davon aus, daß nichts los ist. Aber ich habe meine Gründe für mein Mißtrauen gegenüber Harper.« Er zählte sie an den Fingern auf. »Wir wissen, daß Wilson vergiftetes Heroin, einen Revolver und vermutlich eine Geldkatze bei sich trug. Er gehörte wahrscheinlich einer Organisation an, und zwar als Kassierer. Ich stelle fest, daß er in drei verschiedenen Städten in bestimmten Motels gewohnt hat. Die Leute, die mit Wilson Kontakt aufnehmen wollten, mußten gewußt haben, wo sie ihn erreichen können. Deshalb nehme ich an, daß man ihnen die entsprechenden Motels genannt hat.«

»Reine Mutmaßungen.«

»Stimmt. Aber der Zusammenhang ist vorhanden. Und wenn ich recht habe, wäre es zuviel des Zufalls, wenn sich Harper in drei verschiedenen Städten von Hunderten von verfügbaren Motels ausgerechnet die drei ausgesucht hätte, in denen auch Wilson abstieg.« Pause. »Und noch dazu immer kurz bevor jemand an schlechtem Heroin stirbt.«

Cassie atmete so schwer, daß der flache Kristall an ihrem Busen zitterte. »Johnny, hör mir zu. Paul ist Geschäftsmann. Er investiert Millionen in Grundstücksprojekte. Ist da überhaupt anzunehmen, daß er etwas mit einem Rauschgiftring zu tun haben könnte?«

»Paul«, murmelte Johnny.

»Ich habe einen Beratervertrag mit ihm«, sagte Cassie.

»*Verdad?*« Johnnys Miene verriet nichts. »Ich dachte, du mochtest ihn nicht besonders.«

»Ich bin jetzt anderer Meinung. Er ist nett, intelligent, höflich, zuvorkommend, großzügig ...« Sie schüttelte den Kopf. »Abgedroschene Klischees, aber sie stimmen.«

Johnny nickte und stand langsam auf. »Und ich bin nichts weiter als ein stupider rothäutiger Polizist, der von Tuten und Blasen keine Ahnung hat.« Er wurde ernst. »Entschuldige.«

»Setz dich wieder, Johnny.«

Er blieb stehen und sah abwartend, ohne mit der Wimper zu zucken, auf sie herab.

»Ich sagte, daß ich mit ihm einen Beratervertrag geschlossen habe. Das ist alles. Ich weiß einiges über seine Herkunft und seine Geschäftsbeziehungen im Osten, und es ist mir einfach unvorstellbar, daß ein solcher Mann in etwas verwickelt sein könnte ...« Sie schüttelte den Kopf. »Laß uns bitte nicht streiten.«

Johnny ging quer durch das Zimmer und blieb eine Weile vor der Wand stehen, dann kehrte er an seinen alten Platz zurück. »*Chica,* ob wir es wollen oder nicht, wir werden uns immer wieder wegen Harper in die Haare geraten, bis ich genau weiß, ob meine Vermutungen stimmen oder nicht. Sieben Tote – und jemand muß für sie verantwortlich sein. Ich bin Polizist.«

Cassie schloß die Augen. Sie waren voller Tränen, als sie sie wieder öffnete. Sie stand auf. »Johnny, wir – wollen es uns nicht verderben.«

Johnny legte seine Arme um sie. Cassie schmiegte sich willig an ihn. Er hielt sie fest. »*Chica. Chica.*« Er streichelte ihr Haar und dachte: Harper, ich mag dich nicht, wer immer du auch sein magst. Laut sagte er: »Es ist schon spät, *chica,* und ich habe einen anstrengenden Tag hinter mir.« Er hob ihr Kinn und lächelte sie an. »Wie ich Ben Hart kenne, wird es morgen auch wieder spät.«

Cassie nickte. Ihr Lächeln wirkte unsicher. »Gehen wir zu Bett. Manchmal ist das für alles die beste Lösung.« Ihr Lächeln wurde heller. »Sagt die Anthropologin!«

11

Ben Harts Picknick wird zwar nicht in die Geschichte eingehen, aber es war nach Meinung aller ein gelungenes Fest.

Beide Senatoren des Bundesstaates kamen per Flugzeug aus Washington. Das waren sie dem alten Ben Hart schuldig, und außerdem konnte ein bißchen politische Reklame nie schaden.

Mark Hawley war natürlich auch da.

Der andere Abgeordnete des Staates wurde nicht eingeladen. Schlimm genug, daß er die südliche Hälfte repräsentierte; kam noch dazu, daß sich sein Vater und Ben einmal in aller Öffentlichkeit in die Haare geraten waren, worauf man den Vater des Abgeordneten zu ausgiebigen Reparaturarbeiten in ein Krankenhaus bringen mußte. Seitdem waren die Beziehungen leicht gespannt. Außerdem war der Mann ein renommierter Alkoholgegner und hatte schon deshalb auf der Party nichts zu suchen.

Der Gouverneur und sein Stellvertreter erschienen. Sie sprachen nicht miteinander und gingen sich während des ganzen Abends geflissentlich aus dem Weg.

»Vielleicht ist es gar nicht so übel, daß unser politisches System den Konkurrenzkampf beinhaltet«, erklärte Ben gegenüber Cassie. »Ein Gouverneur reist üblicherweise umher und spricht über Fernsehen zum Volk, aber Joe wagte es nicht, seinen Bundesstaat zu verlassen, weil dann nach dem Gesetz Pete die Amtsgeschäfte übernimmt und Joe nicht sicher ist, ob er überhaupt wieder hereingelassen wird. Also bleibt er zu Hause und kümmert sich um sein Geschäft, weil er nichts Besseres zu tun hat.«

Einige Rancher waren mit ihren Frauen gekommen. Auch ein

paar Kinder waren dabei. Aus der Nähe kamen sie mit den Autos, aus größerer Entfernung mit ihren Privatflugzeugen.

Der Verwaltungsrat des County war fast vollzählig erschienen. Drei der Herren befürchteten ständig, Ben Harts Bemühungen gegen die geplante Bodenentwicklung könnten unliebsame Folgen haben. Die anderen drei vergnügten sich und genossen das Essen, bei dem sich die Frauen Sorgen um ihre Figur machten.

Gesprochen wurde viel – Englisch, Spanisch und das ortsübliche Mischmasch.

Es war ein sonniger, windstiller Tag. Auf den fernen Berggipfeln lag noch der Schnee, aber was man wegen der Entfernung nicht sehen konnte, ahnte man: Daß sich auch dort oben die Bergpflanzen zur Sonne drängten.

Die beiden Senatoren und Mark Hawley saßen mit Ben auf den Holzbänken am rohgezimmerten Tisch, die Gläser in der Nähe. Man plauderte gemütlich über die gute alte Zeit; was gesagt wurde, faßte Mark Hawley so zusammen: »Also wollen wir nicht, daß die Landgeier aus dem Osten über uns hereinbrechen und unseren Boden bröckchenweise drüben verhökern.« Es erhob sich kein Widerspruch. »Andererseits ist keiner von uns so verbohrt, daß er sich allgemein gegen den Fortschritt und das Geld stemmt, das diese Leute ins Land bringen.« Er sah sich fragend um.

Der Senior-Senator sagte: »Eine klare Beurteilung der Lage.«

Ben Hart seufzte. »Kennt jemand zufällig das indianische Wort für gespaltene Zunge?« Er stand auf. »Kein Wunder, daß wir keinen guten Ruf genießen, was Verträge betrifft. Viel Spaß noch.« Er ging nachsehen, wie es um die Vorräte an Whisky und Bier stand.

Doc Easy hielt in der einen Hand einen vollen Blechteller und in der anderen einen Becher voll Whisky. Er entdeckte Johnny und Cassie und steuerte auf sie zu.

»Morgen muß ich nach Osten«, sagte er düster. »Wenn ich aus der Maschine in diesen Flachlandmief hinaussteige, habe ich immer das Gefühl, unter Wasser atmen zu müssen.« Er trank aus seinem Becher. »Mein Bruder ist neun Jahre jünger als ich, aber ich glaube kaum, daß er den nächsten Winter noch übersteht. Als ich vor sechs Jahren herkam, dachte ich auch, daß es bald aus sein wird. Aber nun . . .« Er schüttelte den Kopf, erstaunt darüber, daß er noch am Leben und brauchbar war.

Cassie lächelte. »John Gore da drüben ist vor dreißig Jahren zum Sterben hergekommen. Im vergangenen Herbst ist er die Cloud Mesa hinaufgestiegen und hat nicht einmal schneller geatmet als sonst.«

Johnny bat: »Kümmern Sie sich für ein paar Minuten um sie, Doc. Ich möchte nicht, daß sich jemand anschleicht und sie verschleppt.« Er ging weg.

Doc Easy sah ihm nach und fragte: »Was hat er denn?«

Cassie schüttelte den Kopf. Sie lächelte nun nicht mehr.

Mark Hawley und die beiden Senatoren hatten sich unter das Volk gemischt. Johnny trat an Hawley heran. »Ich möchte Sie um einen Gefallen bitten.«

»Innerhalb vernünftiger Grenzen, mein Sohn.«

Johnny fragte ganz direkt: »Haben Sie Beziehungen zum Finanzministerium?«

»Hm«, antwortete der Abgeordnete, »im Laufe der Jahre habe ich den Burschen ein paarmal ziemlich zugesetzt, und einer meiner Ausschüsse bringt ihnen gelegentlich Vernunft bei.« Er studierte Johnnys Miene. »Wo brennt's, mein Sohn? Einkommensteuer?«

»Nein.«

»Setzen wir uns. Sie haben Kummer, das sieht man.«

»Stimmt.« Als sie an einem der Klapptische saßen, fuhr Johnny fort: »Sechs Menschen sind an vergiftetem Heroin gestorben, ein siebter an einem spitzen Gegenstand, den ihm jemand ins Rückgrat stieß.«

Der Abgeordnete nickte. »Heroin geht das Rauschgiftbüro im Finanzministerium an. Weiter!«

Johnny berichtete über die Ergebnisse der Ermittlungen in den Motels von Tucson, Phoenix und El Paso; über das kleine Kästchen, das im Safe aufbewahrt wurde; Wilsons verstecktes Halfter; den fehlenden Gürtel. Er hatte in der vergangenen

Nacht wach gelegen und nachgedacht. Das alles gefiel ihm wenig.

»Eine Menge Mosaiksteine, mein Sohn«, bemerkte Hawley. »Ob Sie ein Muster daraus machen können?«

»Weiß ich nicht«, antwortete Johnny und betrachtete den aufragenden Klotz der Cloud Mesa. »Ich habe gelesen, daß Gelder der Organisation vielfach in Hotels und Casinos investiert werden, in Nevada, Miami, Puerto Rico. In Darlehensbanken überall im Land ...« Er sah Hawley an.

»Zweifellos. Weiter.«

»Fünfundzwanzig Abschnitte«, fuhr Johnny fort. »Sechzehntausend Morgen sollen erschlossen werden. Dreihundert Dollar pro Morgen, wie ich höre. Das macht vier Millionen und achthunderttausend Dollar.«

»Kein Taschengeld.« Hawley stellte sein Whiskyglas hin. Er lehnte sich zurück und verschränkte beide Hände. »Und der Zusammenhang, mein Sohn?«

»Harper«, sagte Johnny.

»Dachte ich mir fast.« Seine Stimme klang mild. »Sie mögen ihn nicht?«

»Ich mag ihn nicht«, bestätigte Johnny. »Aber ich habe auch etwas gegen Zufälle.« Er nannte die weit voneinander entfernten Motels, in denen Harper jeweils kurz vor Wilson übernachtet hatte. »Das kann ich nicht mehr als Zufall ansehen. Wenn Wilson zu der Organisation gehörte, wie es sich zu bestätigen scheint, dann hatte auch Harper etwas mit ihr zu tun, sonst wäre er nicht in diesen drei Motels aufgetaucht. Und Harper ist die Schlüsselfigur bei der Bodenerschließung ...«

»Sie glauben also, daß vielleicht das Geld einer Verbrecherorganisation dahinter stehen könnte?«

»Klingt das nicht logisch?«

Der Abgeordnete überlegte. »Kann sein. Und was wollen Sie von mir?«

»Zweierlei«, sagte Johnny. »Wenn es Ihnen gelingt, das Finanzministerium für die Sache zu interessieren, läßt sich vielleicht herausfinden, wer tatsächlich hinter Harper und seinem vielen Geld steht – und ob es Anlaß zu dem Verdacht gibt, daß es sich um illegale Gelder handeln könnte.«

Hawley betrachtete sekundenlang sein Glas, ohne ein Wort zu sagen. Dann fragte er: »Und das andere?«

»In Dallas arbeitet ein Rauschgiftfachmann des Finanzministeriums. Er heißt Snyder, und wir kommen gut miteinander aus. Könnten wir ihn nicht für einige Zeit hierher nach Santo Cristo bekommen?«

»Er soll für Sie arbeiten?«

Johnny schüttelte den Kopf. »Mit uns«, berichtigte er. »Wir sind ortskundig und haben gewisse Vorstellungen. Aber er sieht mehr als wir hinter die Dinge und ist beweglicher.«

»Tucson, Phoenix, El Paso?«

»Zunächst einmal. Wilson war vermutlich noch in vielen anderen Städten. Auf Tucson, Phoenix und El Paso sind wir nur aufmerksam geworden, weil dort jeweils ein Mensch an giftigem Heroin gestorben ist.«

Der Abgeordnete nippte tiefsinnig an seinem Whisky. Dann stellte er das Glas wieder hin und nickte. »Mal sehen, was sich machen läßt, mein Sohn.« Er sah Cassie auf sich zukommen. »Ich sage Ihnen wieder Bescheid.« Er stand auf. »Bleiben Sie bei uns, Cassie. Mein Glas ist ausgetrocknet, Sie und Johnny haben gar nichts. Das wollen wir ändern.«

Drüben bei der Koppel hatte Ben einen der Verwaltungsräte festgenagelt. »Waren Sie schon mal drüben im Osten, mein Sohn?«

Der Mann schüttelte den Kopf.

»Aber in Albuquerque, Dallas, Phoenix, vielleicht sogar in Los Angeles?«

»Ja, natürlich. Ich bin in Albuquerque geboren.«

Ben nickte. »Vor zwanzig oder dreißig Jahren war das noch eine hübsche kleine Stadt, nicht wahr? Möchten Sie jetzt noch dort leben?«

Der Beamte versuchte der Frage auszuweichen. »Leider sind wir nicht befugt, darüber zu entscheiden, was geschehen soll und was nicht. Das begreifen die meisten Leute nicht. Wir nehmen nicht die Einteilung vor. Wir . . .«

»Aber Sie kontrollieren doch den Wasserhaushalt? Es ist lange her, wo man noch Brunnen bohren durfte, ohne nach irgendeiner Erlaubnis zu fragen.«

»Mr. Harpers Hydrologe hat gründliche Untersuchungen angestellt und erklärt, daß ausreichend Wasser vorhanden ist.«

Ben sagte: »Hydrologen sind wie Psychiater – man findet sie immer auf beiden Seiten. Aber es geht doch um folgendes: Wir beide wissen, daß es in dem betreffenden Gelände nicht genug Wasser für zwanzigtausend Menschen gibt, egal, was dieser Hydrologe auch sagen mag. Vielleicht wird man eines Tages zu einem erschwinglichen Preis Meerwasser entsalzen und wie Öl oder Erdgas vom Golf herüberleiten, aber das passiert ganz bestimmt nicht morgen oder übermorgen. Bis dahin werden sich die Leute umschauen, wenn ihnen das Wasser ausgeht – obgleich der eine Hydrologe behauptet, es ist genug da, während der andere sagt, es reicht nicht. Erkundigen Sie sich doch mal in Los Angeles. Mitten in der Stadt gab es mal eine Quelle. Bis hinaus nach San Berdoo gab es artesische Brunnen, die immer flossen. Man brauchte nur ein Loch zu bohren, und das Wasser kam von allein herauf. Es wurde aufgebraucht. Dann baute man eine Pipeline zu dem hübschen kleinen Owens-Tal. Es wurde ausgesaugt, heute ist es eine Wüste. Sie holen das Wasser schon bis vom Colorado her, und das ist noch nicht das Ende. Hier haben wir es von vornherein fast mit einer Wüstenlandschaft zu tun.« Er wurde lauter. »Wenn Ihnen die Befugnisse fehlen, etwas dagegen zu unternehmen, dann besorgen Sie sich verdammt noch mal die entsprechenden Vollmachten, bevor das Land ruiniert ist und die Leute mit Peitschen nach den Schuldigen suchen. Nun trinken Sie etwas, und viel Spaß noch!«

Mark Hawley nahm Ben beiseite. »Stehen Sonny und Betty March auf deiner Liste?« fragte der Abgeordnete.

Ben nickte. »Ich habe die Einladung ans Hotel Lodge geschickt. Wenn sie rechtzeitig aus der Karibischen See zurückkommen, werden sie wohl erscheinen. Warum?«

»Ich möchte mit Sonny über jemanden sprechen.« Er kam Bens Frage zuvor: »Nicht neugierig werden, es hat vielleicht gar nichts mit dir zu tun.« Er stichelte: »Andererseits könnte es sein, daß du mit Leuten zusammen arbeitest, von denen du nichts weißt. Verstehst du?«

»Nein.«

Der Abgeordnete nickte zufrieden. »Eine leichte Verwirrung macht alles interessanter. Dein Whisky ist nicht übel.«

Sonny und Betty March kamen tatsächlich noch in einem neuen Zwölfzylinder-Jaguar, der eine lange Staubwolke hinter sich herzog. Betty sagte zu Ben: »Sind heute morgen erst angekommen und haben Ihre liebe Einladung vorgefunden. Das wollten wir um nichts in der Welt versäumen. Haben noch nicht einmal ausgepackt, und wir werden es wahrscheinlich auch nicht, weil im ›Lodge‹ ein gewisser Ross ist. Ein Mann, der sich einfach nicht rührt, und Sonny will dem Geschäftsführer Sam Christopher nicht auf die Zehen treten ...« Sie mußte Luft holen.

»Es ist ja nur für ein bis zwei Tage, reden wir nicht mehr darüber.« Sonny sah sich suchend um. »Viele Leute habe ich seit Monaten nicht mehr gesehen.« Sonny war braungebrannt, sehr sportlich und flott, Anfang vierzig. »Schön, wieder hier zu sein, Ben.«

»Besorgt euch etwas und fühlt euch wie zu Hause«, sagte Ben. Er sah, wie Mark Hawley ihnen den Weg zur Bar abschnitt und wie zufällig auf sie stieß.

»Willkommen zu Hause, Sonny und Betty«, sagte er. »Besorgt euch etwas zu trinken, dann hätte ich Sie gern gesprochen.«

An einem der Tische, abseits von der Presse, fragte er kurz danach Sonny: »Gerade erst angekommen? Dann haben Sie die Neuigkeiten hier noch nicht gehört?«

Sonny lächelte. »Bin gespannt. Wer läßt sich scheiden? Wer schläft mit wem?«

»Nein, etwas anderes.« Der Abgeordnete sah in sein Glas. »Man hat oben auf dem Skihang einen Toten gefunden, das hat den Gesellschaftsklatsch leicht überschattet.« Er sah Sonny vollkommen arglos an. »Und natürlich die Sache mit der Bodenerschließung. Geld aus dem Osten. Und Newton Berrys Laden wurde durch einen Bombenanschlag zerstört. Was halten

Sie davon? Der Tote hieß übrigens Walter Wilson.« Er beobachtete Sonnys Augen.

Etwas änderte sich da. Allerdings mußte der Abgeordnete zugeben, daß es eine fast unmerkliche Änderung war. Eine solche Selbstbeherrschung hätte er Sonny nicht zugetraut.

»Walter Wilson«, sagte Sonny nur.

»Geheimnisvoller Mensch«, fuhr Hawley fort. »Niemand scheint etwas über ihn zu wissen.« Er lächelte plötzlich. »Aber ich wollte mit Ihnen über die Karibischen Inseln im allgemeinen und Haiti im besonderen reden. Weiß immer gern Bescheid, wie es da aussieht, wohin unsere Auslandshilfe geht.«

»Fragen Sie ruhig«, bot Sonny lächelnd an.

Der Abgeordnete machte sich langsam Gedanken darüber, ob hinter diesem Sonny nicht doch mehr steckte, als man auf den ersten Blick merkte.

12

Ein netter Mensch, dieser Paul Harper, fand Cassie. Er drängte nie, er hörte aufmerksam und respektvoll zu und hatte ihr zwar noch keine Avancen gemacht, aber was sie aus seinem Blick herauslas, schmeichelte doch ihrem weiblichen Selbstbewußtsein.

Sie saß nun in Harpers Büro in der Nähe der Plaza. »Wie ich die Dinge sehe«, sagte sie, »wollen Sie die Einwohnerschaft von Santo Cristo um fünfzig Prozent erhöhen. Das bedeutet die Hälfte mehr an Versorgung, nicht nur mit Wasser, sondern auch mit Elektrizität, Gas, Müllabfuhr, Schulen, Krankenhäusern, Polizei, Feuerwehr, Waren und Dienstleistungen – und Arbeitsplätzen.« Cassie hielt inne. »Wie sollen diese Leute ihren Lebensunterhalt verdienen?«

Harper nickte. »Eine gute Frage. Aber sie liegt doch außerhalb unserer Zuständigkeit, nicht wahr?« Er hatte ein nettes Lächeln. »Wenn jemand ein Grundstück kauft, erwartet er doch nicht als Zugabe einen garantierten Arbeitsvertrag. Ich hatte gehofft, daß Sie Ihre Aufgabe gründlich anfassen, aber gehen Sie nicht etwas zu gründlich vor?«

Vielleicht, dachte Cassie, vielleicht auch nicht. Laut sagte sie: »Der Begriff Ökologie bekommt heutzutage eine immer größere Bedeutung. Eigentlich ist das nichts anderes als die Beziehung zwischen einem Organismus und seiner Umwelt. Ist diese Beziehung im Gleichgewicht – okay. Wenn nicht, ergeben sich Probleme. Oder renne ich damit offene Türen ein?«

»Ich bin ganz Ohr«, sagte Harper mit einem schmeichelnden und sehr aufmerksamen Blick.

»Nehmen wir ein Beispiel«, fuhr Cassie fort. »Meine Grabung ergibt, daß, na, sagen wir, fünfhundert Menschen etwa ein Jahrhundert lang oder länger auf dem Hochplateau der Cloud Mesa gelebt haben. Ihre Feldfrüchte bauten sie unten in der Ebene an und trugen alles, was sie brauchten, in selbstgemachten irdenen Krügen nach oben. Sie jagten. Sie scheinen es nicht sonderlich schwer gehabt zu haben, ihre Beziehung zur Umwelt war ausgeglichen.« Cassie hielt inne. »Dann verließen sie ganz plötzlich die Mesa. Wir wissen nicht, warum. Aber wir können doch allgemein etwas dazu sagen: Etwas muß das Gleichgewicht mit ihrer Umgebung gestört haben. Vielleicht war es eine Dürre, oder vielleicht gab es nicht mehr genug Wild zu jagen. Möglicherweise hatten Feinde sie vertrieben. Manche glauben sogar, diese Leute hätten unter dem Eindruck gestanden, daß die Götter mit ihnen unzufrieden waren und daß sie deshalb an einen anderen Ort ziehen müßten.« Wieder eine Pause. »Ich will darauf hinaus, daß das Gleichgewicht zwischen diesen Menschen und ihrer Umwelt zerstört wurde auf dem Hochplateau und sich daher etwas ändern mußte.«

Harper forderte sie lächelnd auf: »Erklären Sie mir das deutlicher.«

Cassie nickte. »Hier in Santo Cristo leben vierzigtausend Menschen. Sie haben genug Wasser, genug Land und genug Arbeitsplätze. Aber es gibt hier keine Industrie, die so plötzlich expandieren könnte, daß den vielen Menschen Arbeit geboten würde, und das Gleichgewicht könnte empfindlich gestört werden.« Sie schüttelte den Kopf. »Ich verdiene das Geld nicht, das Sie mir zahlen, Paul. Ich bin nur ein Klotz am Bein.«

»Ich habe mich nicht beklagt«, erklärte er, ruhig und großmütig.

Cassie dachte: »Das also ist der Mann, den sich Johnny aufs Korn genommen hat.« Es fiel ihr schwer anzunehmen, daß Johnny sich irrte, aber am Ende würde er, das wußte sie bestimmt, seinen Irrtum einsehen – nur hatte sie es bis dahin nicht leicht. Oft genug hatte sie schon Gelegenheit, Johnny auf dem Kriegspfad zu beobachten, und das war alles andere als beruhigend. Eine solche Unerbittlichkeit war Cassie noch nie zuvor bei einem Menschen begegnet. Wie weit würde sie ihn wohl führen? Etwa zu der Überzeugung, den richtigen Mann gefunden zu haben, selbst wenn er sich irrte?

»Woran denken Sie jetzt, Cassie?« fragte Harper.

»Meine Gedanken laufen im Kreis.« Das stimmte nicht, denn sie liefen in einer geraden Linie: Tucson – Phoenix – El Paso, von Motel zu Motel, wo Wilson ihm gefolgt war. Warum?

Sie fragte: »Wie sind Sie ausgerechnet auf Santo Cristo gekommen?«

Harper lehnte sich zurück. »Ganz einfach: Ich habe mir zunächst andere Objekte angesehen, deren Klima mir günstig erschien.«

»Tucson?« fragte Cassie.

»Ja, auch.«

»Phoenix, El Paso?« War sie unvorsichtig? Aber Harper schien das nicht zu stören.

»Ich habe mich überall umgesehen und noch in zwei oder drei anderen Städten. Aber hier kann man noch Bauland zu einem vernünftigen Preis kaufen, und der Boom hat noch nicht eingesetzt wie an den übrigen Orten.« Sein Lächeln wurde plötzlich breiter. »Die Beziehung zur Umwelt ist also noch in Ordnung. Seltsam, daß Sie gerade auf Tucson, Phoenix und El Paso kommen. Dort war ich im vergangenen Dezember. Zwischen Phoenix und El Paso war ich auf einen Sprung in Mexico City. Kennen Sie diese Stadt, Cassie?«

Cassie nickte.

»Ich wollte mich mit einem jener Typen treffen, die immer unterwegs sind.« Er sah auf die Uhr und setzte sich auf. »Ich wußte doch, daß mich mein Magen nicht belügt. Gehen wir etwas essen?«

»Ich muß eigentlich ins Museum zurück«, sagte Cassie. Aber das war Unsinn, dort lag nichts Dringendes vor.

»Was mir besonderen Spaß macht«, sagte Harper, »ist der Besuch eines guten Restaurants, wenn ich nicht gehetzt bin und eine schöne Frau an meiner Seite habe.« Er stand auf. »Nennen wir es ein Arbeitsessen. Ich möchte noch mehr über die Umweltfrage erfahren.«

»Ich habe Ihnen schon gesagt, daß ich mein Honorar nicht verdiene.«

»Ein Grund mehr, mit mir zum Essen zu gehen und mir einiges zu erklären.«

Sonny March parkte seinen Zwölf-Zylinder-Jaguar zwischen bescheideneren Fahrzeugen in der Santiago Street. Dann schlenderte er über die Plaza und genoß die Sonne, die klare Luft und den Anblick einer jungen Touristin, die mit ihrer Kamera hin und her lief.

Sonny hatte es nicht eilig. Er ließ sich nie hetzen und schlenderte immer gemächlich von einem Vergnügen zum nächsten. Nur Betty hatte es manchmal eilig, und das war oft ärgerlich. Wie zum Beispiel jetzt, wo sie Peter Ross und seine Familie aus dem Bungalow verdrängen wollte, den sie und Sonny immer bewohnten. Aber Sonny hatte nicht die geringste Absicht, diesem Peter Ross irgendwie in die Quere zu kommen. Betty hatte ihn nach dem Grund gefragt, aber den hätte er ihr nie gesagt. Sie hätte ihm auch nicht geglaubt.

Er bog jetzt in eine Seitenstraße ein und ging auf das Schild ›Kunstboutique‹ zu. Im Laden roch es wie üblich nach Weihrauch. Das Klingeln an der Tür lockte Newton Berry aus seinem kleinen Büro.

»Mr. March«, sagte er höflich, aber etwas distanziert. Er bot ihm nicht die Hand an.

Sonny sah sich um. Der Laden sah eigentlich aus wie immer, vielleicht etwas leerer. Er sagte: »Ich habe gehört, Sie hatten ein bißchen Ärger?«

»Es war schrecklich, einfach schrecklich. Ich verstehe einfach nicht, wie ein Mensch so etwas tun kann. Der Feuerwehrmann sagte, man hätte die Bombe durch den Kamin geworfen.« Er deutete auf den offenen Kamin in der Ecke.

»Und Sie wissen nicht, warum?« fragte Sonny. Das war eine Feststellung, klang aber wie eine Frage.

Berry lenkte ab. »Hatten Sie einen angenehmen Winter?«

»O ja, danke.« Sonny lächelte. Er betastete einen Teppich. »Sehr hübsch.«

»Das Stück ist verkauft, Mr. March.«

Sonny drehte sich langsam um. »Ist das Ihr Ernst?«

»An einen gewissen Ross«, sagte Berry, fast verzweifelt. »Er wohnt mit Frau und Tochter im ›Lodge‹. Mr. Ross hat mich gebeten, ihm den Teppich nach Westchester nachzuschicken.« Er beobachtete Sonnys Gesicht. »Habe ich etwas Falsches gesagt?«

»Nein«, antwortete Sonny, »ganz und gar nicht.« Er griff nach einer ovalen Brosche und betrachtete sie, ohne sie wirklich zu sehen.

»Bernstein aus Burma«, erklärte Berry. »Ein sehr hübsches Stück. Das würde Mrs. March sehr gut stehen, und außerdem ist es preiswert.«

Sonny legte die Brosche hin. »Eigentlich wollte ich Ihnen etwas verkaufen.«

»Nein!« antwortete Berry voller Angst, seine Stimme schrillte eine ganze Oktave höher. »Bei allem Wohlwollen, Mr. March – nein! Ich kann es mir einfach nicht erlauben, etwas zu kaufen. Es wäre ein furchtbarer Fehler. Bitte, verstehen Sie doch. Ich möchte niemanden kränken, ich bin ein friedlicher Mensch und vertrage keine Scherereien. Sie regen mich furchtbar auf. Verstehen Sie das bitte.«

Sonny stand eine Weile schweigend da, dann nickte er. »Ich glaube, ich verstehe«, murmelte er. »Sehr gut sogar.« Er ließ Berry nicht aus den Augen.

»Bitte«, fuhr Berry fort. »Ich bin ein sehr schweigsamer Mensch, Mr. March. Ich habe keine vertrauten Freunde, und was die Polizei betrifft ...«

»Polizei?« fragte Sonny rasch.

»Natürlich hat es wegen des Anschlags eine Untersuchung gegeben.« Berry hob bittend die Hände. »Sie verstehen doch, es war einfach schrecklich. Der eine, dessen Gesicht mich immer an die Schnitzereien in Mexiko erinnert – bei dem kann man sich vorstellen, wie er seinen Opfern mit einem Obsidianmesser das Herz aus dem Leib schneidet. Ich sage Ihnen, Mr. March . . .«

»Die Frage ist nur, was Sie gesagt haben.«

»Nichts. Absolut nichts. Ich habe nur gesagt: Ich kann mir nicht vorstellen, wie jemand so gemein sein kann, eine Bombe zwischen meine armen *cosas* zu werfen.« Berry holte tief Luft. »Das müssen Sie mir glauben, Mr. March.«

Sonny überlegte, dann nickte er. »Muß ich wohl.«

Er überquerte die Straße und betrat die Kühle des Hotels. Er warf eine Münze in die Tür einer Toilettenkabine, trat ein und schloß sie hinter sich. Dann holte er einen flachen Nylonbeutel unter dem Hemd hervor und schüttete weißes Pulver in die Toilettenschüssel. Er mußte viermal spülen, bis das Pulver ganz verschwunden war. Dann spülte Sonny auch die Tüte weg und schloß die Tür auf.

Es ging ihm gar nicht so sehr um das Geld. Den Verlust konnte er verkraften. Was ihm nicht paßte, war der Gedanke an einen Fehlschlag. Es störte ihn, daß die Klugheit erforderte, dieses lukrative Spiel aufzugeben, das noch dazu einen hübschen Gewinn abgeworfen hatte, aber, so sagte er sich, als er wieder in die Sonne hinaustrat: Nur ein Narr verpaßt beim Glücksspiel den Augenblick, wo er aufhören und seine Chips eintauschen muß. Peter Ross und noch dazu der Polizist, den ihm Berry so anschaulich beschrieben hatte. Das war zuviel.

13

Paul Snyder, der aus Dallas herbeigeflogene Rauschgiftexperte, sagte: »Das Finanzministerium tanzt zwar nicht gerade nach Hawleys Pfeife, aber sein Wort hat doch Gewicht.« Sein neuer Auftrag schien ihm zu behagen. »Bringen Sie mich jetzt auf den neuesten Stand.«

Johnny tat es.

Snyder überlegte und nickte bedächtig. »Ich glaube, Sie stufen Wilson richtig ein. Dann hätte auch Harper etwas damit zu tun. Sonst wären es zuviel der Zufälle. Das Heroin war vergiftet, nicht nur unrein?«

»Vergiftet«, antwortete Johnny. »Und zwar absichtlich: Zyanid.«

»Aber warum?«

»Darüber habe ich nachgedacht. Ich glaube, jemand sollte in Mißkredit gebracht werden.«

Snyder lächelte. »Soll das ein Spaß sein? Sechs Tote, und Sie glauben, es sollte nur jemand hereingelegt werden?« Er schüttelte den Kopf. »Hören Sie!«

Noch vor einem Jahr, bevor er Cassie kennenlernte, hätte Johnny diesen Spott nicht ertragen. Jetzt berührte ihn das nicht mehr. »Vergessen Sie nicht«, sagte er, »daß drei der Todesfälle Zufall waren. Das Heroin sollte zur Zentrale geschafft werden und nicht in die Hände eines kleinen Gauners namens Pete Gardena fallen, der keine Ahnung von Tuten und Blasen hatte. Außerdem würde er seine Mutter für ein Bier verkaufen.«

Snyders Lächeln verblaßte. »Daran habe ich nicht gedacht.«

»Die drei anderen Todesfälle«, fuhr Johnny fort, »ereigneten sich in verschiedenen Städten, und vermutlich durch verschiedene Händler. Jeweils ein Toter, um etwas zu beweisen.« Er ließ Snyder Zeit zum Nachdenken. »Sie haben doch selbst gemeint, daß jemand sich dazwischenschieben will und die Organisation anschwärzt. Nehmen wir einmal an, die Händler können sich auf den Stoff der Verteiler nicht mehr verlassen, weil ab und zu jemand daran stirbt. Was ist dann, wenn sie eine neue Quelle mit gutem Heroin finden?«

Snyder zupfte sich am Ohrläppchen. »Ich verstehe.«

»Ich behaupte ja nicht, daß es so war, aber es könnte so gewesen sein. Jemand hat zumindest sechs Portionen vergiftet. Wilson kam auf seiner Reise dahinter und erwischte einen Teil von dem Zeug.«

»Vielleicht hat Wilson es selbst verteilt.«

Johnny nickte. »Könnte sein, aber ich bezweifle es. Wir betrachten Wilson als Kassierer und nicht als Verteiler, obgleich er seine Verbindungen natürlich ausnutzen kann. Es wäre dumm von ihm, es ein zweites Mal zu versuchen, und er wäre damit aus der Rolle gefallen. Andererseits haben sich zwei von den Todesfällen, nämlich in Tucson und El Paso, an dem Tag ereignet, an dem Wilson eintraf, und das ist nun doch auffällig. Wer das Zeug verteilte, hätte doch sicher versucht, aus der Stadt zu verschwinden, bevor es den ersten Toten gibt.«

Snyder lehnte sich zurück. »Sie denken an Harper? Was für ein Mensch ist das?«

»Ich bin ihm nie begegnet.« Der Gedanke an Cassies Beschreibung war ihm peinlich. »Angeblich soll er ein netter Kerl sein; intelligent, gebildet, großzügig und rücksichtsvoll.«

»Wahrscheinlich liebt er seine Mutter«, fügte Snyder hinzu, »und Hunde und Kinder, und er hilft alten Damen über die Straße, wie?«

»So ungefähr«, bestätigte Johnny. »Er hat eine Menge Geld im Rücken. Gegen ihn liegt nichts vor, nur daß er in diesen drei Motels gewohnt hat und daß jedesmal nach seiner Abreise jemand an schlechtem Rauschgift gestorben ist.«

»Ich melde mich wieder«, sagte Snyder und stand auf.

Johnny saß noch eine ganze Weile da und starrte die Wand an. Früher hatte er sich nicht durch Stimmungen beeinflussen lassen. Cassie war schuld daran, daß er hinter jeder Ecke Harper sah – so konnte man eine Ermittlung einfach nicht durchführen. Er fuhr die acht Meilen zum ›Lodge‹.

Sam Christopher war am Empfang damit beschäftigt, sechs Texaner unterzubringen, die morgen mit dem Flugzeug kommen wollten. Er antwortete auf Johnnys Frage automatisch: »Bungalow A. – Familie March wohnt immer im Bungalow A.«

Er hob nicht einmal den Kopf, als Johnny ohne telefonische Anmeldung weiterging.

So lernte Johnny ohne besonderen Grund Peter Ross kennen. »Man sagte mir, daß im Bungalow A die Familie March wohnt«, sagte Johnny.

»Das muß ein Versehen sein. Mein Name ist Ross.«

»Sam Christopher meinte, March nimmt immer den Bungalow A.«

»Ich kenne diese Familie nicht einmal.« Ross blieb höflich, aber eine Spur Ungeduld klang mit.

Eine Mädchenstimme rief: »Daddy! Du bist dran.«

»Ja, Schatz, ich komme schon.« Er sah Johnny an. »Ich kann Ihnen leider nicht helfen.« Das klang endgültig.

Johnny nickte. »Entschuldigen Sie die Störung.« Er wandte sich ab.

Sonny und Betty March fand er im Bungalow B. »Ich wollte gerade in die Stadt, aber das hat Zeit. Kommen Sie herein.« Sonny war jetzt sehr froh, daß er das weiße Pulver in die Toilette gespült hatte. »Sie kennen meine Frau, Lieutenant?«

Sie saßen in dem hübschen Wohnzimmer des Bungalows. »Hier ist es nicht so nett wie drüben im Bungalow A, wo wir sonst immer wohnen«, sagte Betty. »Er hat einen schönen Kamin, und wenn es regnet oder schneit . . .«

»Bitte, Schatz«, unterbrach Sonny sie gelangweilt, »laß doch, es ist ja nur für ein paar Tage.«

Johnny begann: »Es geht um einen gewissen Walter Wilson.«

Sonny runzelte die Stirn, dann schüttelte er den Kopf. »Tut mir leid, nie gehört.«

Johnny tat, als hätte er diese Antwort erwartet. »Er hat im letzten Dezember in Tucson im selben Hotel gewohnt wie Sie«, sagte er. »Das kann natürlich Zufall gewesen sein. Aber ungefähr zwei Wochen später haben Sie ihn hier im ›Lodge‹ zum Essen eingeladen, und daran sollten Sie sich eigentlich erinnern.«

Betty fiel ein: »Natürlich, Schatz, der nette Mensch, den wir in Tucson kennengelernt haben. Ihr habt euch für Santo Cristo verabredet und endlos lange miteinander gesprochen. Weißt du das nicht mehr?« Sie holte Luft. »Da wohnten wir noch im Bungalow A.«

»Jetzt hab' ich's«, rief Sonny. »Natürlich! Was ist mit ihm, Lieutenant?«

»Darf ich wissen, worüber Sie sich mit Wilson unterhalten haben?«

Sonny zuckte die Achseln. »Ich glaube, es war nur so allgemein. Man lernt jemanden kennen und spricht über dieses und jenes . . .«

»Du hast doch gesagt, es war geschäftlich«, unterbrach ihn Betty wieder. »Ich weiß es genau. Ich wollte einen Film sehen, der zwar unanständig war, aber gute Kritiken hatte. Aber du mußtest unbedingt geschäftlich mit Mr. Wilson sprechen.«

»Irgendeine Ausrede mußte ich ja finden«, sagte Sonny. »Weil ich nicht in die Stadt fahren wollte. Nackte Mädchen habe ich genug gesehen.«

»Welcher Art waren die Geschäfte, Mr. March?« fragte Johnny.

Sonny sah seufzend seine Frau an. »Du hast deine guten Seiten, Schatz, aber meistens zeigst du sie nicht«, sagte er. Er wandte sich an Johnny: »Wilson kam viel herum – Mexiko, Karibische See, Haiti, Jamaika, Puerto Rico . . .«

»Sind wir deshalb fast drei Monate lang von Insel zu Insel gefahren?« rief Betty. »So schnell, daß wir kaum auspacken konnten? Ich bin nicht einmal richtig braun geworden.«

»Baby«, sagte Sonny, »möchtest du nicht ein bißchen spazieren gehen? Ich werde nie fertig, wenn du mich immer unterbrichst.«

Betty rümpfte die Nase.

»Hören Sie, Lieutenant«, fuhr Sonny fort, »ich will ehrlich sein: Wenn man so viel reist wie wir, kauft man unterwegs dieses und jenes. Manchmal hat man Schwierigkeiten mit den Zollbeschränkungen. Wir haben über Zollämter gesprochen, die besonders scharf sind.«

»Stimmt«, rief Betty dazwischen, »einmal mußte ich mich ganz ausziehen, ich weiß nicht mehr wo. Ausgerechnet ich sollte etwas in meinem BH haben!«

Sonny lächelte: »Man kann's den Zollbeamten nicht verübeln. Darf ich fragen, warum Sie das interessiert, Lieutenant?«

»Weil Wilson tot ist«, sagte Johnny. »Ermordet.«

»Oh!« rief Betty.

Sonny schnippte mit den Fingern. »Das war also der Name, den Mark Hawley beim Picknick erwähnt hat. Jetzt verstehe ich den Zusammenhang. Man fand ihn unterm Schnee, nicht wahr?«

»Ja.« Johnny wäre es lieber gewesen, wenn Mark Hawley den Namen nicht erwähnt hätte. Aber auf dem Rückweg in die Stadt machte er sich Gedanken über eine Unstimmigkeit im ersten Teil der Unterhaltung. Im Büro klemmte er sich auf Lopez' Schreibtischkante.

»Was weißt du über Sonny March?«

»Sag bloß nicht, daß er Ärger hat«, antwortete Tony. »Er ist jung und reich, und seine Frau habe ich im ›Lodge‹ einmal im Bikini gesehen. Ein toller Busen!«

Johnny mußte lächeln. »Der Zoll glaubte, sie schmuggelte etwas in ihrem BH.«

Tony fragte vorsichtig: »Was ist mit Sonny March?«

»Sie wohnen im ›Lodge‹ immer im Bungalow A«, antwortete Johnny. »Aber diesmal wohnt dort ein gewisser Ross mit Frau und Tochter, und Betty paßt das gar nicht. Sonny hat sie beruhigt.«

»Mein Gott«, sagte Tony bedächtig, »reden wir über denselben Mann?«

»Erklär mir das.«

Tony lehnte sich zurück. »Sonny March ist ein arroganter Kerl, der immer seinen Kopf durchsetzt. Er ist höflich, kann aber furchtbar gemein werden. Ein Vetter von mir arbeitet bei Sam Christopher, und er meint, Sam würde ihn am liebsten hinausschmeißen, wenn Sonny March nicht soviel Geld daließe.«

»Warum gibt er sich dann mit Bungalow B zufrieden?« fragte Johnny.

Nach kurzem Überlegen fragte Tony: »Wer ist dieser Ross? Ist er der Grund?«

»Weiß ich nicht«, antwortete Johnny wahrheitsgemäß. Er schob das Thema für später beiseite.

Am Abend sprach er mit Cassie darüber. In stillschweigender Übereinkunft vermieden sie das Thema Paul Harper. Über alles andere konnten sie genau so sprechen wie früher. Oder fast.

»Du hast mich einmal etwas gefragt, *chica*«, begann Johnny. »Erinnerst du dich? Ob alle großen Verbrecherbosse wie solche aussehen oder ob manche nicht Frau und Kinder hätten und in Hotels wie dem ›Lodge‹ wohnen. Das erklärt vielleicht, warum Sonny March ...«

»Johnny!« Cassie schüttelte den Kopf. »Verstehst du nicht, Johnny? Dann müßte Mr. March diesen Ross doch kennen, wenn er vor ihm Angst hätte, und woher soll er das?«

»Möglich«, murmelte Johnny.

Cassies Stimme war ganz sanft. Sie legte ihm die Hand auf den Arm. »Johnny, verrenn dich nicht in die Sache. Du siehst überall nur die Mafia. Nur Mißtrauen.« Sie schüttelte den Kopf. »Ein gewisser Snyder hat Paul heute nachmittag aufgesucht. Wer ist das?«

»Hat Harper ihn nicht gefragt?«

Cassie antwortete nach kurzem Schweigen: »Er sagte, er käme vom Finanzministerium. Also Steuern. Willst du Paul unter Druck setzen, weil du ihn nicht magst?«

»Ich bin ihm noch nie begegnet, *chica*.« Er unterdrückte mit Mühe die aufsteigende Wut.

»Das ist nicht fair, Johnny.«

»Das hat mir schon jemand gesagt«, antwortete Johnny. »Maria Victoria Sanchez. Sie sagte es, als ich ihr erklärte, es könnten noch mehr Leute an schlechtem Rauschgift sterben, wenn sie nicht sprechen wolle. Und ich erklärte ihr, daß so etwas mit fair nichts zu tun hat. Genau das sage ich dir jetzt auch. Snyder hat nichts mit Steuern zu tun. Er ist Rauschgiftspezialist, und ich habe ihn nicht auf deinen Paul Harper angesetzt. Ich habe ihm nur berichtet, was ich über die Motels herausgefunden habe.«

Cassie schien sich Sorgen zu machen.

Johnny fuhr fort: »Aber wenn du mich fragst, warum Snyder hier ist: Weil ich ihn angefordert habe. Weil sieben Menschen gestorben sind, und weil drei von diesen Todesfällen im Zusammenhang stehen.«

»Das weißt du nicht genau.«

»*Chica,* darauf gehe ich jede Wette ein.« Er stand auf. Auch Chico erhob sich und betrachtete sorgenvoll die Zweibeiner. »Bis diese Sache vorbei ist, werden wir uns wohl kaum noch einigen können.«

»Johnny ...«

Johnny unterbrach sie: »Sag deinem Freund Harper, daß ich ihn bald aufsuchen werde.« Er ging hinaus in die Nacht und schloß die Tür leise hinter sich.

14

Mark Hawley bog an Ben Harts Privatweg von der Autostraße ab und ratterte über die Rindersperre. Rechterhand erhob sich die massige Cloud Mesa in den klaren Himmel. Der Berg wurde immer noch von den Pueblo-Indianern verehrt. Der Abgeordnete erinnerte sich an die langen Debatten, die der Erlaubnis für Cassies Ausgrabungen vorangegangen waren. Hinter der Cloud Mesa erstreckte sich das Gebirge mit den schneebedeckten Gipfeln.

Die Sonne schien warm durch die Windschutzscheibe, aber ein kühler Wind umwehte ihn. Ein seltsames Land, dachte er, voll krasser Gegensätze. Er kannte es seit vielen, vielen Jahren, seine Geheimnisse, seine Gefahren. Hier konnte es immer noch vorkommen, daß jemand verunglückte, ohne rechtzeitig gefunden zu werden.

Die Sonne, die einem so angenehm auf den Pelz brannte, konnte einen Menschen austrocknen. Kleine Arroyos, die oft jahrelang trocken lagen, füllten sich mit plötzlichen Springfluten, ertränkten manchmal ganze Familien von Campern. Es gab Sandstürme und im Winter Schneestürme mit unglaublich niedrigen Temperaturen.

Aber diese Kleinigkeiten wurden nie in Zeitungsanzeigen erwähnt, die in den Oststaaten Grundstücke um zehn, fünfzig oder hundert Dollar pro Monat anboten – ohne die Anzahl der Raten zu erwähnen.

Was die Baulandentwicklung betraf, war er geteilter Meinung, und genau das haßte er.

Als er später in Bens großem Wohnzimmer saß, ein Glas Bourbon in der Hand, drückte er es so aus: »Ich war schon immer dafür, daß jeder verdammt noch mal für sich selbst sorgen soll. Aber wir beide wissen, daß es diesmal so nicht geht. Manche Leute muß man bei der Hand nehmen, sonst verirren sie sich oder sie setzen sich hin und weinen. Ist das nicht scheußlich?«

Ben pflichtete ihm bei und lächelte still in sich hinein.

»Laß dieses verdammte Feixen. Ich hab mich noch nicht entschieden.« Er trank einen Schluck Whisky. »Wie hast du bei deinem Picknick abgeschnitten?«

Ben hob und senkte die massigen Schultern. »Schwer zu sagen.«

»Es ist nichts Neues«, fuhr der Abgeordnete fort. »Bodenspekulanten haben hier schon seit jeher Träume verkauft. Die Leute im Osten kaufen alles, solange die Luft rein ist und die Sonne scheint, und die Kinder ein bißchen herumlaufen können. Sie unterschreiben einfach.«

»Willst du mich überzeugen?« fragte Ben.

Der Abgeordnete stellte sein Glas hin. »Ich kenne Harper nicht«, sagte er. »aber ich mag ihn immer weniger. Ohne Grund. Ich hab' mich nach ihm erkundigt – vielleicht erfahre ich etwas. Cassie Enright steht bei ihm unter Vertrag.« Ihm entging kaum etwas.

»Ich hab' ihr zugeraten«, sagte Ben. »Vielleicht kann sie ihm Vernunft beibringen.«

Der Abgeordnete schnaubte. »Manchmal benimmst du dich ganz vernünftig, aber dann zeigst du wieder weniger Verstand als ein Rhinozeros. Wenn das stimmt, was ich glaube, wird niemand diesem Harper Vernunft beibringen. Nehmen wir einmal an, Harper arbeitet mit demselben Geld, mit dem diese Hotels in Nevada und Miami Beach gebaut wurden.«

»Wer behauptet das?«

»Johnny Ortiz.«

Ben überlegte. »Das ändert manches.« Er stand auf und trat vor den Kamin. »Wenn du recht hast – was dann?« Er drehte sich um. »Du hast doch so viele Jahre in Washington zugebracht, wo man nie sagt, was man meint. Du bist es gewöhnt, hinter die Kulissen zu blicken. Was kommt nach Harpers Baulandentwicklung?«

Hawley antwortete ohne zu zögern: »Wir sind ein armes Land. Ein Staat mit viel Raum. Der fünftgrößte, aber was die Bevölkerung betrifft, stehen wir an siebenunddreißigster Stelle. Man kann mit seinem Geld hier mehr Land kaufen als anderswo. Ich weiß nicht, was diese Leute vorhaben, aber ich kann mir vorstellen, was ich tun würde.«

Ben wartete.

»Hier kann man Skifahren«, sagte der Abgeordnete. »Jagen, Fischen, Rudern. Eine Ranch wie deine kann man toll ausbauen. Mit viel Geld ließe sich das Gebiet um Santo Cristo zu einem Touristenzentrum mit ganzjähriger Saison entwickeln: Glücksspiele, Prostitution, was du willst. Genau wie in Las Vegas.«

Ben setzte sich wieder. »Na und?«

»Ich weiß, das kümmert dich nicht«, sagte der Abgeordnete. »Mich eigentlich auch nicht. Ich kann mich jederzeit zur Ruhe setzen. Ich bin gar nicht so prüde, wie ich im Wahlkampf tue. Lieber unterhalte ich mich mit einer Madame wie Flora Hobbs als mit so manchen angesehenen Leuten. Ich spiele ganz gern mal Poker, und gewürfelt habe ich auch schon. Ich habe auch nichts gegen ein Varieté mit oben ohne.« Er machte eine Pause. »Aber wie gesagt, manche Leute haben einen begrenzten Horizont und greifen nach jedem Dollar, den man ihnen vor die Nase hält. Solche Leute muß man schützen.«

»Und weiter?« fragte Ben.

»Ich lasse mich nicht gern herumstoßen und anlügen. Das beleidigt meine Intelligenz. Und wenn hinter Harpers Baulandentwicklung etwas anderes steckt als er sagt, dann werde ich belogen und angeschmiert, irgend jemand wird Haare lassen.«

Ben seufzte. »Schön, was sollen wir tun?«

»Das weiß ich noch nicht, ich muß darüber nachdenken. Vielleicht täuscht sich Johnny und alles ist in Ordnung. Vielleicht.« Der Abgeordnete griff nach seinem Glas und schnupperte daran. »Ich wollte nur wissen, ob du mitmachst, falls etwas passiert.« Er nickte. »Aber wie ich dich kenne, wirst du das. Salud!«

Da griff Ben nach seinem Glas.

Cassie fuhr hinaus zu den Grundstücken, die Harper anbot. Sie lagen im Westen der Stadt, im Anschluß an Ben Harts Ranch. Hügeliges Land, hin und wieder durch kleine Arroyos zerschnitten, bewachsen mit Lärchen, Pinien und Gramagras. Es gab kein natürliches Oberflächenwasser und bisher noch keine Straßen, außer einem hundert Meter langen Stück, das von der Autostraße bis zu einem Torbogen mit der Aufschrift RAVEN IMMOBILIEN führte.

Cassie ließ ihren Wagen am Ende der Teerstraße stehen und ging zu Fuß weiter. Sie wollte sich nur einmal einen Eindruck davon verschaffen, wie diese Gegend bevölkert aussehen könnte.

Der Blick auf die Berge war herrlich. Das Gebiet lag ungeschützt, jedem Wetter ausgesetzt. Aber man konnte als Windschutz Bäume pflanzen, Mauern und Innenhöfe bauen. Die Unbilden der Witterung ließen sich in Grenzen halten.

Über allem spannte sich klar und weit der Himmel. Nur ein bräunlicher Streifen am Horizont zeigte an, wo das große Kraftwerk die Luft verunreinigte. Unberührte Natur im Vergleich zu den Städten im Osten.

Alles hing vom Wasser ab. Mit genügend Wasser ließ sich viel erreichen, ohne Wasser nichts. Ben Hart hatte seine Brunnen gebohrt und seine Tanks gefüllt, er hatte sogar Schmelzwasser für den Sommer in betonierte Becken geleitet. Ben besaß genug Wasser für seine Rinder, den eigenen Gebrauch – aber was würde geschehen, wenn das Projekt verwirklicht wurde? Wenn

Rasensprenger und Geschirrspülmaschinen Unmengen Wasser verschlangen?

Die Hydrologie ist nicht mein Gebiet, rechtfertigte sie sich. Sie wußte aber, daß sie bewußt die Augen verschloß, hoffend, daß alles gut ging. Eine sehr menschliche Reaktion, für die aber beispielsweise Johnny nichts übrig hatte.

Wie kam sie gerade jetzt auf Johnny? Vielleicht deshalb, weil sie immer an ihn denken mußte. Woher kam der Streit? Weil wir beide unseren Stolz haben und sehr empfindlich sind. Ein schwacher Trost. Cassie trat heftig mit dem Fuß gegen einen Stein und dachte: Der Teufel soll Johnny holen!

Sie ging weiter. Vor ihr lag der vertraute Umriß der Cloud Mesa, des heiligen Landes. Hatte sie es mit ihren Ausgrabungen entweiht? Wie zum Teufel kam sie nun auf diese Frage, über die sie bis jetzt nie nachgedacht hatte? Natürlich hatte sie den Heiligen Berg nicht entweiht. Oder doch?

Nein. Ihre Gedanken bewegten sich im Kreis. Sie war eine Ungläubige, eine Fremde, die heiliges Land für ihre Zwecke mißbraucht hatte. Warum?

Sie sah sich um. Gab es hier eine Parallele? Worauf wollte sie überhaupt hinaus? Machte sich Harper eines ähnlichen Vergehens schuldig, wenn er dieses Land für seine Zwecke verwendete? Gegen wen oder was verging er sich?

»Wie albern!« sagte sie laut. Ein einsames Land, dachte sie. Schön und einsam. Sie sagte: »Ich möchte nicht, daß es sich verändert. Das wäre ein Sakrileg.«

Etwas ruhiger kehrte sie zu ihrem Wagen zurück.

15

Snyder saß wieder einmal in Johnnys Büro. »Der Abgeordnete hat mir ein paar Fragen gestellt«, sagte er lächelnd. Er faltete ein Stück Papier auseinander.

Johnny spürte ein seltsames Kribbeln, aber seine Stimme und seine Miene blieben ruhig. »Schießen Sie los«, bat er.

»Die ›Raven Immobilien-Entwicklungsgesellschaft‹ ist eine Tochtergesellschaft im Besitz der ›Sly Investors, Inc.‹«, las Snyder vor. »Der Gründer Sly hat mit Immobilien in New York ein stattliches Vermögen zusammengetragen. Dann verkalkulierte er sich ein paarmal, und die Seifenblase platzte. Eine Firma namens Midtown Enterprises kaufte ihn auf. Diese Firma finanziert Shows um den Broadway herum, sie betreibt einige Restaurants und besitzt mindestens ein Hotel in Manhattan, außerdem ist sie an einer Motelkette beteiligt.«

»Welche Kette?« fragte Johnny aufmerksam.

»Richtig geraten«, sagte Snyder. »Zu der Kette gehören die Motels in Tucson, Phoenix und El Paso, in denen Wilson und Harper abgestiegen sind. Möglicherweise gehört auch ein Anteil des ›Mid Towner Motor Hotels‹ in Santo Cristo dazu.« Er beugte sich wieder über sein Papier. »Im Verwaltungsrat der Midtown Enterprises sitzen übrigens ein paar interessante Leute, darunter ein Bürgermeister aus New Jersey, dem man schon seit langem gewisse Beziehungen zur Verbrecherwelt nachsagt, und ein früherer Abgeordneter aus New York, der sich nicht wieder aufstellen ließ, weil ihm sonst wegen unerlaubter Ausnutzung seiner Beziehungen ein Skandal gedroht hätte. Was noch dazugehört: eine große Reiseagentur, eine pharmazeutische Fabrik, eine kleine Schiffahrtslinie an der Golfküste und Hotels in San Juan, Miami Beach, Las Vegas – kurzum ein Riesenunternehmen.«

Johnny war kein Geschäftsmann und wußte nicht einmal, wie ein solcher Konzern funktioniert, aber andererseits war hier in Santo Cristo die Spitze des Eisbergs aufgetaucht, und deshalb ging ihn die Sache etwas an. »Und wer hat die Fäden in der Hand?« fragte er.

Snyder steckte das Blatt Papier weg. »Schwer zu sagen. Am Ruder sitzt höchstwahrscheinlich eine Firma für Grundstücksmanagement, die ganz offen arbeitet, und es gibt sogar eine Liste der Leute, die alle Fäden in der Hand halten dürften. Aber wer die letzten Entscheidungen trifft, weiß man wohl nur, wenn man an den Vorstandssitzungen teilnimmt und beobachtet, wer redet und wer nur nickt. Ein gewisser Ross ...«

»Peter Ross?« fragte Johnny.

»Ja, wohnhaft in Westchester, verheiratet, eine Tochter, die demnächst studieren soll. Besitzer einer Segeljacht, guter Tennisspieler, Mitglied des New Yorker Sportclubs, aktiv bei Wohltätigkeitsveranstaltungen und Gerüchten zufolge der einflußreichste Mann in der Grundstücksverwaltung.« Snyder lächelte nicht mehr. »Ein richtiger Dschungel. Das deutet nicht unbedingt auf organisiertes Verbrechen hin. Viele Konzerne sind genauso kompliziert und würden nicht im Traum daran denken, Heroin zu vertreiben oder dafür zu sorgen, daß gelegentlich jemand stirbt.« Kurze Pause. »Aber da mit organisiertem Verbrechen enorme Summen zu verdienen sind, muß dieses Geld in legale Unternehmen investiert werden, damit es etwas nützt und nicht zu viel Aufsehen erregt. Solche Firmenkonstruktionen, die von geschickten Anwälten und Buchhaltern zusammengebastelt werden, sind genau der richtige Kanal, in dem man illegales Geld einschleusen kann und wo es bald nicht mehr zu erkennen ist.«

»Ich möchte nicht mit Ihnen tauschen«, sagte Johnny ehrlich. Papierkram war nichts für ihn. Lieber arbeitete er in Santo Cristo, wo Verbrechen meist aus leicht erkennbaren Gründen begangen wurden und wo es nicht so kompliziert zuging. »Haben Sie etwas über Harper erfahren?«

»Ich war bei ihm.«

»Hab' ich gehört.«

»Ich wollte mich bei ihm nach Sly Investors erkundigen. Er erzählte mir alles, was ich bereits wußte, und meinte, über Steuerfragen sollte ich lieber mit den Leuten in New York verhandeln.« Snyder hielt inne. »Auf dem Umschlag der Berichte, die ich ihm zeigte, habe ich ein paar gute Fingerabdrücke von dem Mann. Mal sehen, was in den FBI-Akten steht.«

Johnny lächelte. Spuren waren sein Gebiet. »Da bin ich aber gespannt«, sagte er.

Cassie saß wieder in Harpers Büro. In der Ferne schlug die Turmuhr der Kathedrale die volle Stunde. »Die Kathedrale steht schon ziemlich lange. Sie ist nicht so alt wie Santo Cristo, gehört aber einfach mit dazu«, erklärte Cassie.

»Das verstehe ich nicht ganz.«

Cassie ließ sich etwas Zeit. »Hier ändern sich die Dinge nur langsam«, sagte sie dann. »Das möchte ich Ihnen klar machen, Paul. Wenn ich nach Los Angeles komme, habe ich immer den Eindruck, als hätte sich alles von Grund auf verändert. Aber hier geht das nur allmählich vor sich, und wir glauben, daß das Neue in das Alte eingegliedert wird. Auch wenn jemand lange nicht hier war, erkennt er Santo Cristo sofort wieder. Die Atmosphäre bleibt, das ist wichtig.«

Harper lehnte sich zurück. »Was wollen Sie mir damit klar machen?«

Cassie sah ihn offen an. »Ich bin gegen jede plötzliche Veränderung. Ich möchte nicht, daß in dieser wunderschönen Einsamkeit mit einem Schlag Teerstraßen und weiße Mauern entstehen. Tut mir leid, Paul, aber ich möchte von Ihnen kein Honorar. Ich hab's nicht verdient. Ich hätte bei meiner Arbeit bleiben und mich mit der Vergangenheit beschäftigen sollen, anstatt mit der Zukunft.«

Harper schwieg eine ganze Weile, dann sagte er: »Sie sollten es sich anders überlegen.«

»Tut mir leid.«

Harper verfluchte diese Frau innerlich, ließ sich aber nichts anmerken. Er fragte: »Hat jemand Sie – überzeugt?«

»Das ist es nicht.« Cassie dachte an Johnny. »Jedenfalls nicht nur.«

»Was heißt das?«

»Ich möchte ehrlich sein«, sagte Cassie. »Ich kann nicht gut lügen. Ich habe gehört ... Aber lassen wir das, denn ich glaub's doch nicht. Es hat deshalb auch mit meiner Entscheidung nichts zu tun.«

»Was haben Sie gehört, Cassie?«

»Spielt keine Rolle.«

»Wenn es mich angeht«, sagte Harper, »habe ich da nicht ein Recht, es zu erfahren?«

Zu diesem Schluß gelangte Cassie auch. Ihr Mitgefühl gehörte immer dem Gejagten, dem Hirsch, hinter dem ein Coyote her war. Oder hatte sie Johnnys Theorien bereits akzeptiert? Unsicher begann sie: »Als Sie im Dezember in Arizona und Texas waren ...« Aber sie wußte nicht, wie sie den Satz beenden sollte.

»Genauer gesagt in Tucson, Phoenix und El Paso«, half ihr Harper. »Dazwischen auf einen Sprung in Mexiko. Habe ich da etwas Böses getan?« Er lächelte.

Es ist albern, dachte Cassie. Hunderte von Leuten hatten in denselben Motels übernachtet, und nur einer von ihnen sollte verdächtig sein.

»Kennen Sie einen gewissen Walter Wilson?« fragte sie.

Harper zögerte: »Das ist doch der Mann, der unter dem Schnee gefunden wurde, nicht wahr?« Er wartete, bis Cassie nickte. »Ich begreife das nicht«, sagte Harper. »Erst sprechen Sie von Tucson, Phoenix und El Paso, dann machen Sie einen Sprung herüber zum Skihang von Santo Cristo. Gibt es da einen Zusammenhang?«

»Das weiß ich nicht«, antwortete Cassie. »Walter Wilson hat nur in denselben Motels wie Sie übernachtet.« Nun war es heraus. Bei Harpers mitleidigem Lächeln kam sie sich noch dümmer vor.

»An den Haaren herbeigezogen«, sagte Harper. Sein Lächeln wurde blasser. »Ich möchte nur wissen warum.«

Cassie schüttelte den Kopf und überhörte ihre innere Stimme.

»Cassie, sehen Sie mich an«, sagte Harper. »Soll ich ein Monstrum sein? Sehen Sie bei mir Hörner und Hufe? Was soll ich denn getan haben?«

Reine Theorie, ein Verdacht ohne Beweis, dachte Cassie. Nein, es gab einen Hinweis darauf, daß es sich nicht nur um Vermutungen handelte, und diesen Punkt brachte sie zu ihrer Verteidigung vor: der Mann vom Finanzministerium.

»Snyder?« Harpers Augen wurden eine Spur schmaler. »Was ist mit ihm?«

»Er ist Rauschgiftexperte.«

Harper legte den Kopf in die Hand und seufzte tief. Dann

sah er Cassie wieder an. »Was werden die sich als nächstes einfallen lassen?« fragte er bitter. »Fliegende Untertassen?«

»Tut mir leid, Paul.« Etwas anderes wußte sie nicht zu sagen.

Natürlich war es nur eine Mutmaßung, die Johnny nicht beweisen konnte. Er sagte zu Tony Lopez: »Wenn wir kein Bild von Harper haben, hat sicher die Zeitung eins. Die haben ja eine Menge über seine Bauprojekte geschrieben.«

Tony fragte resigniert: »Und was soll ich mit dem Foto machen, wenn ich es habe? Harper versteckt sich doch nicht. Wahrscheinlich kauft er in bestimmten Geschäften ein, hat eine bestimmte Tankstelle ... Sag mir, was ich machen soll, Amigo.«

»Frag unsere Freundin Mary Margaret McDade, ob sie Harper beim Betreten des Pornokinos beobachtet hat«, sagte Johnny. »Wenn ja, wann? Kürzlich erst? Oder vor ein paar Monaten?«

»*Dios!*« seufzte Tony.

»Und diese Judy im Kino – erkennt sie Harper als Kunden wieder?«

Tony schüttelte betrübt den Kopf. »Immer zu deinen Diensten.«

»Noch etwas«, fuhr Johnny fort und berichtigte sich. »Zweierlei: Kennt Harper diesen Peter Ross im ›Lodge‹ und ist Harper mit Sonny March bekannt?«

Nachdem Tony gegangen war, setzte sich Johnny eine Weile an seinen Schreibtisch. Bisher waren es nur Ideen ohne Untermauerung. Wenn dieser Konzern, den Snyder beschrieben hatte, nicht nur aus steuerlichen Gründen so kompliziert aufgebaut worden war, wenn Peter Ross tatsächlich der Höchste bei der Grundstücksverwaltung war, die ›Midtown Enterprises‹ und alle anderen Unternehmungen kontrollierte, und wenn ein Teil des Geldes der ›Raven Immobilien Corporation‹ aus dem Verkauf von Heroin stammte, ergaben sich einige Möglichkeiten.

Paul Harper konnte unschuldig sein, denn eine so große Organisation mußte natürlich auch ein paar harmlose Leute beschäftigen, die nichts von dem ahnten, was um sie herum vorging. Doch wie waren dann die Zufälle in Tucson, Phoenix und

El Paso zu erklären, nur wenige Tage, bevor Wilson auftauchte?

An die einzig plausible Erklärung dachte Johnny ungern: Die Midtown Enterprises waren an allen drei Motels beteiligt. War es nicht logisch, daß Mitarbeiter der Tochterfirmen in den hauseigenen Hotels übernachteten? Und wie war dann der kurze Abstand der Daten zu erklären? Oder der dumme Zufall, daß immer kurz nach Harpers Abreise jemand an schlechtem Heroin starb?

Du siehst Gespenster, Juan Felipe, sagte sich Johnny. Und nur wegen Cassie?

Das Telefon läutete. Noch bevor er abhob, wußte er, wer dran war.

»Hallo, *chica*«, sagte er leise.

Kurzes Schweigen. Dann die Frage: »Du hast's gewußt, Johnny?«

»Ja, frag mich nicht wie. Ich hab' an dich gedacht. *Que pasa?*«

Sie hätte es ihm leicht am Telefon erklären können, aber sie wollte sein Gesicht dabei sehen. Daher fragte sie: »Können wir uns treffen?«

»Wann und wo du willst.«

»Auf der Plaza. In der Sonne.«

Die Sonne schien warm, und sie lächelten, als sie aufeinander zugingen. »Setzen wir uns«, sagte Johnny und deutete auf eine niedrige Mauer. Er hockte sich hin und wartete.

»Ich wollte dir nur sagen, daß ich für die Raven Immobilien nicht mehr arbeite«, sagte Cassie. Sie glaubte in seinen Augen so etwas wie Befriedigung zu bemerken.

»Warum nicht, *chica?*«

Sie erklärte, was sie Harper gesagt hatte: Daß sie keine Änderung der Einsamkeit wünsche.

»Ist das der einzige Grund?« fragte Johnny.

»Ich glaube schon.« Dabei dachte sie: Warum bedrängt er mich?

»Oder gab es dabei Untertöne, die dir nicht gefielen?« Er

merkte ihre Ablehnung und fügte rasch hinzu: »Ich muß es wissen, *chica.* Es gibt zu viele Fragen und zu wenig Antworten. Du könntest mir helfen.«

»Ich hab' nichts gegen Paul.« Dabei war er ihr beim ersten Zusammentreffen zuwider gewesen, und erst beim zweitenmal hatte er sie eingewickelt. »Ich glaube zumindest nicht«, korrigierte sie. Ihr Blick wanderte über die Plaza hinüber zu Harper, der langsam vorbeischlenderte. Er winkte nicht, obgleich sie sicher war, daß er sie gesehen hatte.

Johnny folgte ihrem Blick. »Ist er das?« Er sah sie an. »Er sieht nicht sehr freundlich aus. Was hast du ihm gesagt, *chica?* Nur, daß du es dir anders überlegt hast?«

»Ach, es war albern.« Cassie zögerte. Glaubte sie jetzt auch schon an Johnnys argwöhnische Theorie? Die Auswirkungen, die ihr einfielen, behagten ihr gar nicht.

Johnny sah sie abwartend an.

Cassie gab zu: »Ich hab' mit ihm über die Motels in Tucson, Phoenix und El Paso gesprochen, und daß du auch von Walter Wilsons Übernachtungen Bescheid weißt.« Sie zögerte. »War das falsch, Johnny?«

Johnny zeigte ihr seine weißen Zähne. »Wahrscheinlich war es falsch, *chica.*« Sein Lächeln wurde noch breiter. »Aber genau durch solche Fehler bringt man die Dinge manchmal in Gang. Nur hätte ich es lieber gesehen, wenn es ihm ein anderer gesagt hätte.«

Eine kalte Hand strich ihr über den Rücken. »Warum denn, Johnny?«

»Überlaß das uns«, bat Johnny und zeigte wieder die weißen Zähne. »Gib dich nicht mit so gefährlichen Spielsachen ab. Ich muß mit ihm sprechen, *chica.*« Er winkte ihren Protest beiseite. »Ganz freundlich.« Das Lächeln verschwand. »Aber er soll wissen, daß du mein Mädchen bist, und wenn dir . . .«

»Bin ich das immer noch, Johnny?«

»Siempre – immer«, sagte Johnny feierlich. »Daran kann sich nichts ändern, *chica.* Es sei denn, du willst es.«

Am liebsten hätte sie laut gelacht oder in Jeans und Stiefeln einen Tanz aufgeführt. War die Kluft zwischen ihnen tatsächlich so tief gewesen? Die Erleichterung, die sie nun verspürte, war Antwort genug.

»Dann lassen wir es bei *siempre«*, sagte sie.

16

Tony Lopez hatte den Eindruck, daß sich Judy, die Kassiererin des Sexkinos, verändert hatte: Ihre Wimpern waren länger, ihre Röcke kürzer und der Pulli spannte sich strammer über ihrem Busen. Er betrachtete diese Veränderungen wohlgefällig.

Judy ertrug die Musterung gleichmütig. »Falls Sie eine Eintrittskarte kaufen wollen«, sagte sie, »was ich allerdings nicht glaube . . .«

Tony lächelte. »Nein, ich kaufe keine Karte.« Er hielt ihr ein Foto von Paul Harper hin. »Kennen Sie ihn?«

Die langen Wimpern klimperten, aber als sie den Kopf hob, war ihre Miene ausdruckslos.

»Sollte ich?«

»Das ist keine Antwort«, sagte Tony. Er wartete geduldig.

Judy zögerte. »Ich glaube nicht, daß ich ihn schon einmal gesehen habe«, sagte sie dann. Dabei suchte ihr Blick Tonys Gesicht ab. Sie wollte seine Reaktion ergründen. Sie fügte hinzu: »Ich wette, die Kuh da drüben in dem Laden hat behauptet, daß sie ihn hier gesehen hat.«

»Könnte sein.«

»Warum fragen Sie mich dann?«

Ja, warum? Weil es dieser Johnny Ortiz so angeordnet hatte. »Ich warte noch auf die Antwort«, sagte er zu dem Mädchen.

»Na schön«, sagte sie. »Wahrscheinlich habe ich ihn hier gesehen. Ich sehe hier viele Männer, das ist unser Geschäft, falls Sie es noch nicht wissen sollten.« Pause. »Oder hat Ihre Mutter Ihnen nicht erzählt, daß sich manche Männer gern nackte Mädchen ansehen? So etwas nennt man Sex.«

Warum die Aufregung? überlegte Tony verwundert. Er versuchte, unauffällig diesen neuen Faden aufzunehmen. »Erinnern Sie sich vielleicht, wann er hier war?« Warum war sie so erleichtert?

»Vorige Woche«, antwortete sie. »Am Donnerstagabend. Na und?«

»Stehen Sie doch bequemer, *guapa«*, sagte Tony. »Ich hab' schon genug gesehen.« Warum erinnert sie sich an den genauen Abend? überlegte er. Nun, darauf konnte er später zurückkommen. »Ist er Stammkunde?«

»Er kommt manchmal her.«

»Seit wann?«

»Woher soll ich das wissen?«

»Und woher wissen Sie, daß er am Donnerstagabend hier war? Nicht am Mittwoch und nicht am Freitag? Kennen Sie seinen Namen?«

»Warum sollte ich ...?« Da brach sie ab. »Und wenn schon? Er hat doch in der Zeitung gestanden, nicht wahr?«

»Aber«, sagte Tony leise, »ich wette, Sie kennen den Namen nicht aus der Zeitung. Ein Freund von Ihnen, wie?«

»Das geht Sie nichts an.«

»Vielleicht doch. Ich müßte es mir überlegen.«

Sie musterte ihn. Ihre Aufsässigkeit verschwand. »Ihr seid doch alle gleich, kommandiert gern herum. Nur weil Sie einen Ausweis tragen ...«

»Falsch«, unterbrach Tony sie. »Ich tu' das nicht gern. Oder nur dann, wenn ich muß. Wenn das wichtig ist, was ich herauszufinden suche, dann bin ich genau so hart, wie es sein muß. Selbst gegen ein hübsches Mädchen. Verstanden?«

Sie gab sich geschlagen.

»Bueno«, sagte Tony. »Fangen wir von vorn an.«

Vom Kino aus fuhr er sofort in die Zentrale zurück. Er ging in Johnnys Büro und berichtete von der Unterhaltung mit Judy.

Johnny hörte ihm aufmerksam zu.

»Du hast sie gesehen«, sagte Tony. »Ein hübsches Mädchen mit Holz vor der Hütte. Ich kann mir das leicht vorstellen: Die Männer kommen aus dem Sexfilm und sehen sie mit ihrem tollen Busen dastehen und kommen dabei auf eindeutige Gedanken. Judy hat nichts dagegen. Sie dürfte damit ihr Einkommen aufbessern.«

Johnny nickte.

»Es schadet keinem, also werden wir sie nicht wegen Prostitution drankriegen, stimmt's?« fragte Tony. »Aber es ist immerhin ein Hebel.«

»Stimmt«, antwortete Johnny sofort.

Tony fuhr fort: »Harper ist ein Kunde, und sie mag ihn. Vielleicht hat sie sich deshalb zuerst nicht erinnern wollen. Sie lernte ihn am Abend des schweren Schneefalls kennen.«

»An dem Abend, als Wilson getötet wurde«, sagte Johnny bedächtig. »Und als Warren ihn zum Skihang hinaufschaffte.« Er nickte. »Bist du sicher?«

»Ich bin deshalb sicher, weil er Judy aufgefordert hat, zu vergessen, daß er da war. Das ist schlechte Werbung, hat er ihr gesagt, wenn die Leute erfahren, daß er solche Filme ansieht.«

»Trotzdem war er am Donnerstagabend schon wieder da«, sagte Johnny.

Tony schüttelte den Kopf. »Er hat sich den Film nicht angesehen, sondern nur Judy abgeholt. Harper war nur einmal im Kino, das war an dem Schneetag. Die McDade erinnerte sich, daß es schon einige Zeit her ist, aber genau wußte sie es im Gegensatz zu Judy nicht mehr. Die hat sich erinnert.«

Wieder ein Steinchen, dachte Johnny. Das war natürlich kein Beweis, aber ein weiteres Bindeglied zwischen Harper und Wilson, das nach Johnnys Auffassung jeden Zufall ausschloß.

»Möchtest du immer noch erfahren, ob Harper die beiden anderen kennt – Ross und March?« fragte Tony hoffnungsvoll.

»Mehr denn je«, antwortete Johnny und schob seinen Stuhl zurück. »Höchste Zeit, daß ich jetzt Mr. Harper kennenlerne.«

Harpers Büro war nicht großartig eingerichtet. Nach Snyders Bericht hatte Johnny mit getäfelten Wänden und dicken Teppichen gerechnet, aber auf dem Ziegelfußboden lag nur ein recht bescheidener Santo-Domingo-Teppich, die Wände waren aus getünchten Adobeziegeln. Den größten Teil einer Wand nahm ein Plan des Bauvorhabens ein.

»Möchten Sie ein Grundstück kaufen, Lieutenant?« fragte Harper ruhig, selbstsicher und fast ein wenig belustigt.

»Im Augenblick nicht.« Johnny übersah die Einladung zum Setzen und blieb stehen. Sein Gegenüber war kräftig gebaut und schien körperlich fit zu sein.

Harper begann: »Wie ich höre, interessieren Sie sich für meinen Aufenthalt in gewissen Motels in Tucson, Phoenix und El Paso.«

»Finden Sie das seltsam?«

»Ich war geschäftlich dort.«

»Ein weiter Begriff«, sagte Johnny. »Darf ich mich genauer erkundigen?«

»Hören Sie, Lieutenant«, Harper lächelte, »was ich tue, ist doch nicht gerade ein Geheimnis.« Er deutete auf die riesige Wandtafel. »Aber beim Auskundschaften von Grundstücken, bei Kauf und Finanzierung gibt es Details, die man lieber nicht an die große Glocke hängt. Ich weiß nicht, wieviel Sie von diesen Dingen verstehen ...«

»Sehr wenig.«

Harper nickte. »Dann müssen Sie mir einfach glauben, Lieutenant.«

»Walter Wilson?« sagte Johnny nur.

»Ich habe ihn nicht gekannt«, antwortete Harper, »sondern den Namen nur in den Zeitungen gelesen. Haben Sie schon etwas über ihn erfahren?«

Nun lächelte Johnny. »Hören Sie, Mr. Harper, was ich tue, ist nicht gerade ein Geheimnis. Aber beim Auskundschaften von Mordfällen gibt es gewisse Details, die man lieber nicht an die große Glocke hängt.«

»Ein Polizist mit Humor«, bemerkte Harper und schüttelte in gespieltem Erstaunen den Kopf.

»Cassie sagte mir, daß sie nicht mehr für die Raven Immobilien arbeitet. Lassen Sie das Mädchen in Ruhe.«

»Soll das eine Drohung sein?«

»Nein«, antwortete Johnny, »nur eine Warnung. Hier bin ich zu Hause, und ich kenne mich recht gut aus. In New York wäre es wahrscheinlich anders, aber wir sind nicht in New York.«

Harper schwieg dazu. »Wenn Sie Wilson nicht kannten«, fuhr Johnny fort, »so sind Sie ihm doch ein paarmal sehr nahe gekommen.«

»Schon wieder Tucson, Phoenix und El Paso? Das kann ich bald singen, Lieutenant. Vielleicht bin ich sogar hier in Santo Cristo in seiner Nähe gewesen, ohne es zu wissen.« Er zuckte die Achseln.

»Stimmt.«

Harper hob die Augenbrauen. »So? Wo? Und wann?«

»Am Tag des Schneesturms, im Januar. In dem Sexkino. Sie waren beide dort. Es wurde ein Film über Ferienlager für Mädchen gezeigt.«

Johnny bewunderte die Selbstbeherrschung dieses Mannes. Er ließ sich nichts anmerken. »Sie scheinen Ihrer Sache sehr sicher zu sein, Lieutenant.«

»Bin ich auch. *Asta luego.*« Johnny trat hinaus in den strahlenden Sonnenschein.

Eine Weile später stand er in der Tür von Cassies Büro. »Komm auf eine Spazierfahrt mit, *chica.*« Er lächelte auf den Hund zu Cassies Füßen herunter. »Du auch.« Chico klopfte mit dem Schwanz auf den Boden.

Sie nahmen Johnnys Kombi. Chico saß auf dem Sitz zwischen ihnen, Johnnys Gewehr hing in der Halterung am hinteren Fenster. Sie fuhren hinauf zum Skigelände. Cassie stellte keine Frage.

»Du hast einmal gemeint, ich sähe Gespenster«, sagte Johnny. »Einen Verbrecher hinter jeder Ecke.«

»Das war damals. Jetzt ...«

»Nein, *chica*, laß es dabei.« Johnny betrachtete ihr glattes braunes Gesicht. Seine Stimme klang sehr sanft. »Ich klopfe wirklich nur auf den Busch«, sagte er und erzählte Cassie von Judy und Harpers Kinobesuch am Tag des großen Schnees. »Nur einmal war er im Kino«, betonte Johnny. »Seitdem trifft er sich als Kunde mit Judy. Glaubst du das?«

»Warum nicht? Du sagst doch, daß sie hübsch und gut gebaut ist.«

Johnny zeigte seine weißen Zähne. »Vielleicht, aber wenn es

nicht nur um Sex geht, wenn er sich absichtlich um das Mädchen bemüht, damit sie den Mund hält? Soviel ich weiß, ist sie die einzige, die ihn im Kino gesehen hat, als Wilson ermordet wurde.«

»Trotzdem hat sie geredet.«

»Sie mußte«, sagte Johnny. »Den Grund konnte Harper nicht kennen: Die alte McDade verbringt ihre Zeit damit, die Kinobesucher zu beobachten. Deshalb konnte Judy nicht abstreiten, daß Harper da war. Und als ihr Tony mit einer Anzeige wegen Prostitution drohte, vergaß sie ihre Zuneigung zu Harper.«

»Ich kenne sie nicht«, sagte Cassie langsam, »aber sie tut mir leid. Warum wird Prostitution verfolgt? Sie schadet doch keinem. Ein Mädchen verkauft seinen Körper, und ein Mann kriegt, was er will. Wo wird da Schaden angerichtet? Bei Floras Mädchen ist das nicht anders.«

Johnny nickte. Seltsam, daß er gerade jetzt an die beiden in Decken eingewickelten Mädchen denken mußte. Damit hatte alles angefangen. »Aber wenn uns die Sache wichtig erscheint, *chica,* benutzen wir eben jedes Werkzeug.«

»Ich weiß«, sagte Cassie traurig. »Nehmen wir an, Paul hätte versucht, das Mädchen still zu halten. Also muß ihm doch viel daran gelegen sein, daß niemand erfährt, daß er an diesem Tag im Kino war.«

Johnny bog auf den Parkplatz mit der schönen Aussicht ein. Er zog die Handbremse und schaltete den Motor ab. Die Stille tat gut.

Sie befanden sich hier in über dreitausend Metern Höhe, und das weite Land breitete sich zu ihren Füßen aus. Die Stadt schmiegte sich an den Fuß der Berge. Dahinter verlief der Fluß in weitem Bogen zu den Bergen im Westen. Hundert Meilen entfernt konnte man auf dem Gipfel des Mount Taylor noch die Schneekappe erkennen. Im Zenit zeigte der Himmel eine dunklere Färbung. Die Sonne schien warm.

»Wenn ich recht habe«, sagte Johnny, »hat ihm viel daran gelegen, daß es niemand erfuhr. Wenn Judy gewußt hätte, wie wichtig das war, hätte sie vielleicht trotz allem gegenüber Tony den Mund gehalten.« Er schüttelte den Kopf. »Aber sie sieht keine Beziehung zu dem Toten oben auf dem Skihang. Sie glaubt, Wilson hätte das Kino lebend verlassen.«

Cassie schloß für eine Sekunde die Augen. »Und du glaubst, daß Paul ihn getötet hat? Warum?«

Johnny zögerte nicht. »Vermutlich hatte Wilson Geld in seinem Gürtel. Aber das wird nicht der Hauptgrund gewesen sein. Ich muß immer wieder an das vergiftete Heroin denken, und ich glaube, das spielt eine größere Rolle als alles andere. Wir wissen nicht, woher es kam, wir wissen nur, daß Wilson es besaß.«

»Und alles andere sind Vermutungen«, sagte Cassie. »Daß er das Zeug als Beweis mit nach Hause nehmen wollte?«

»Leuchtet das nicht ein?«

Cassie mußte es widerstrebend eingestehen. »Ich glaube schon.«

Johnny fuhr fort: »Und wenn Harper verhindern wollte, daß Wilson das vergiftete Heroin mit nach Hause nahm, könnte das doch ein Grund für den Mord gewesen sein, nicht wahr? Den Stoff hat er nicht bekommen, weil er im Hotelsafe lag, aber er hat Wilson unschädlich gemacht.«

»Damit willst du wohl sagen, das vergiftete Heroin war gefährlich für Paul. Das kann nur bedeuten, daß er es vergiftet hatte, und daß er für die Todesfälle in Tucson, Phoenix und El Paso verantwortlich ist. Du stellst ihn als Ungeheuer hin.«

»Rechne Wilson dazu«, sagte Johnny, »dann hat er bisher vier Menschenleben auf dem Gewissen. Du fragst mich warum? So einfach ist das nicht immer, *chica*. Ich glaube an einen internen Machtkampf, bei dem Harper für die Rebellen arbeitet. Wenn ich nur mehr über Peter Ross wüßte.«

Chico machte sich mit einem leisen Winseln bemerkbar, weil er nicht verstand, warum seine beiden Menschen plötzlich so ernst waren.

»Schon gut«, sagte Cassie und kraulte ihn hinter den Ohren. Sie sah Johnny an. »Wenn Peter Ross das ist, was du glaubst, dann ist er sehr gefährlich, Johnny. Ich weiß nicht, wie sich solche Leute benehmen, aber ...«

Sie machte sich Sorgen und war jetzt überzeugt, – warum, wußte sie auch nicht.

»Noch eine andere Sache spielt hier eine Rolle, wenn auch vielleicht nur am Rande«, sagte Johnny. »Die Bombe in Berrys Laden. Das war das Werk von Profis, genau wie der Mord an Wilson. Höchst unwahrscheinlich, daß wir hier in Santo Cristo zwei verschiedene Gruppen von Profis haben. Nehmen wir einmal an, es war eine Warnung. Vielleicht hat Berry versucht, nebenbei ein bißchen Rauschgift zu vertreiben. Das würde die Organisation doch nicht stillschweigend hinnehmen, wie?«

Cassie nahm den ganzen Rest ihrer Zweifel zusammen und fragte: »Du bist wirklich davon überzeugt, wie?«

Johnny sah ihr ins Gesicht. Er lächelte, aber seine dunklen Augen waren daran nicht beteiligt. »Du nicht?«

Cassie schauderte leicht. »Doch«, antwortete sie, fast widerwillig. »Ich leider auch.«

17

Peter Ross spielte auf einem der makellosen Plätze des ›Lodge‹ Tennis mit seiner Tochter Cindy. »Schon besser, Schatz«, sagte er. »Viel besser. Vergiß nur nicht, daß du bei der Rückhand den Schläger ein wenig höher halten mußt, dann kontrollierst du den Schlag besser.«

»Du bist ein Perfektionist, Daddy«, sagte das Mädchen mit stolzem Lächeln.

»Wir sollten jetzt duschen«, sagte Ross. »Wollen wir nachher schwimmen? Mal sehen, ob deine Mutter mitkommt.«

»Pfundig.« Das Mädchen zögerte. »Weißt du, Daddy, der Urlaub war Klasse. Ich weiß, wir haben zu Hause auch alles, aber das hier ist doch anders.«

»Ich weiß«, sagte Ross. Er sah Tony Lopez aus dem Verwaltungsgebäude des ›Lodge‹ treten und in einen Polizeiwagen steigen. In seinem Kopf schlug leise eine Alarmglocke an. Was sollte das? Ross hielt nichts von Ahnungen, aber manchmal sagte einem ein Gefühl, daß die Lage unkontrollierbar wird und man die treibende Kraft nicht einmal erkennt. Wilsons Tod und sein Verschwinden waren eine unangenehme Unterbrechung der Routine, und jetzt noch die Polizei hier ...

»Stimmt etwas nicht, Daddy?«

»Alles in Ordnung, Schatz.« Ross lächelte wieder.

Cindy hatte den Polizeiwagen ebenfalls gesehen. »Was wollen denn die Bullen hier?«

»Wahrscheinlich eine Verkehrsübertretung«, antwortete Ross. »Oder sie verkaufen Eintrittskarten für den Wohltätigkeitsball der Polizei. Vielleicht finden wir auch in unserem Fach eine Warnung.«

»Eine Warnung?«

»Deinetwegen. Ein so hübsches Mädchen ist eine Gefahr für den Straßenverkehr. Die Fahrer werden zu sehr abgelenkt.«

Cindy schob ihren Arm unter seinen. »Weiter, Daddy, so gefällst du mir.«

Aber Ross fragte sich selbst, was der Polizist hier gewollt hatte. Die Sache gefiel ihm nicht.

Nach dem Duschen begann er sich anzuziehen. Cindy erwartete ihn schon im Bikini. Er sagte zu ihr: »Tut mir leid, Schatz, aber ich muß in die Stadt. Geh mit deiner Mutter schwimmen.« Er enttäuschte seine Frauen nicht oft, und wenn, dann immer nur mit einem gewissen Schuldgefühl. Aber die Alarmglocke ließ sich einfach nicht überhören.

Er fuhr in die Stadt, parkte den Wagen und betrat eine Telefonzelle. Er hätte auch vom ›Lodge‹ aus telefonieren können, aber es war seit langem seine Angewohnheit, geschäftliche Gespräche nie über die Vermittlung der Hotels zu führen. Paul Harper meldete sich sofort.

»Hier spricht Ross. Sind Sie allein, Paul?«

»Ja, Mr. Ross.«

»Alles in Ordnung?«

»Ja, Mr. Ross.«

»Unterstützt diese Anthropologin, von der Sie erzählt haben, unser Projekt?«

Harper zögerte. »Hm, im Augenblick leider nicht. Ich denke

aber, ich werde sie überreden können ...« Harper zögerte wieder.

»Was ist, Paul?« fragte Ross leise.

»Sie hat einen Freund bei der hiesigen Polizei. Einen halben Mexikaner.

»Name?«

»Lieutenant Ortiz. Er war bei mir.«

»Warum?«

»Hören Sie, Mr. Ross, es ist doch alles in Ordnung. Nur im Augenblick sind die Dinge ein bißchen durcheinandergeraten. Ich regele das schon, ich werde ...«

»Ich warte immer noch auf Informationen, Paul.«

»Ja, ich weiß. Die kriege ich auch. Nur ...«

»Paul«, sagte Ross mit einem Anflug von Schärfe in der Stimme, »Sie verschweigen mir etwas. Das paßt mir nicht.«

Längere Pause. Dann sagte Harper: »Vom Finanzamt war ein gewisser Snyder hier.«

»Steuer?«

»Dachte ich.«

»Was heißt das?«

Widerwillig sagte Harper: »Ich weiß von der Anthropologin, daß er ein Rauschgiftexperte ist, Mr. Ross. Er hatte einen Bericht über die Sly Investors, und er erwähnte die Midtown Enterprises. Ich habe ihn an New York verwiesen.«

Ross überlegte. Dann sagte er: »Das gefällt mir nicht, Paul. Wozu braucht ein Rauschgiftmann einen Bericht über die Sly Investors?«

»Das weiß ich nicht, Mr. Ross.«

Nach längerer Pause sagte Ross bedächtig: »Ich glaube, Paul, Sie sollten für eine Weile verreisen. Sie sind überarbeitet.«

»Mir geht's gut, Mr. Ross.«

»Keine Widerrede, verstanden?«

»Ja, Sir.« Harpers Stimme klang resigniert.

»Ich will immer wissen, wo Sie sind«, sagte Ross. Sein Tonfall änderte sich ein wenig. »Wir beide müssen uns einmal ausführlich miteinander unterhalten, Paul.« Er legte auf, trat auf die Plaza hinaus und setzte sich hin.

Er saß eine ganze Weile in der Sonne. Die Turmuhr der Kathedrale schlug die volle Stunde, und Ross beobachtete, wie die Tauben aufstoben. Panik ist keine Lösung, dachte er. Eine Lösung gibt es immer. Zumindest eine Erklärung. Er stand auf, überquerte die Plaza und betrat die Polizeizentrale. Zu dem Beamten vom Dienst sagte er: »Bitte Lieutenant Ortiz. Mein Name ist Peter Ross.« Er benahm sich ganz wie ein braver Bürger, der den Umgang mit Behörden gewöhnt ist.

Johnny erhob sich, als Ross eintrat. »Nehmen Sie Platz, Mr. Ross.«

Ross setzte sich. Er hörte wieder die Alarmglocke. »Als wir uns zuletzt sahen, Lieutenant, suchten Sie einen gewissen March. Haben Sie ihn gefunden?«

Johnny zeigte seine weißen Zähne. »Ja, ich habe ihn gefunden. Mein Besuch bei Ihnen war reiner Zufall.« Pause. »Ihrer ist es nicht, nehme ich an.«

Ein halber Mexikaner, hatte Harper gesagt, und damit Lieutenant Ortiz abgewertet. Schlechter Menschenkenner, dachte Ross. Diesem Mann gegenüber muß man sehr vorsichtig sein.

»Ich bin Geschäftsmann, Lieutenant«, sagte er. »Unter anderem bin ich auch an der Firma Raven Immobilien beteiligt. Ich höre von Paul Harper, daß Sie ihm Schwierigkeiten machen.«

Wieder blitzten die weißen Zähne. »So, behauptet er das? Wir haben ja noch nicht einmal angefangen, ihm Schwierigkeiten zu machen oder gar Fragen zu stellen.«

»Worüber, Lieutenant?«

Johnny überlegte. In diesem Fall hielt er es für richtiger, nicht allzu verschwiegen zu sein. »Falls Sie ein wenig Zeit haben«, sagte er, »möchte ich Ihnen eine Geschichte erzählen, Mr. Ross.«

»Ich werde mir die Zeit nehmen, Lieutenant«, antwortete Ross mit unbewegter Miene.

Johnny griff nach einem gelben Fernschreiben. »Das ist gerade angekommen«, sagte er. »Ein interessanter Mann, dieser Paul Harper. Seine Fingerabdrücke sind registriert, weil er Militärarzt war. Kurz nach der Entlassung aus dem Militärdienst verlor er allerdings seine Zulassung, aber diese Tatsache erklärt manches. Ein Arzt weiß bestimmt, wie man Heroin so mit Gift versetzt, daß der Benutzer es nicht merkt.«

»Ich habe keine Ahnung, wovon Sie sprechen«, sagte Ross mit feinem Lächeln. »Ich wußte nicht, daß Paul früher Arzt war, aber ist das so wichtig?«

Johnny tat, als hätte er Ross' Einwand nicht gehört. Er berührte mit dem Finger sein Genick. »Ein Arzt weiß außerdem ganz genau, an welcher Stelle ein scharfer Gegenstand den sofortigen Tod herbeiführt.«

»Um wen geht es, Lieutenant?«

»Um einen gewissen Wilson.« Johnny rechnete gar nicht damit, bei Ross eine Reaktion zu bemerken. Dafür war dieser Mann viel zu clever. Er erzählte weiter: »Walter Wilson trug eine Geldkatze bei sich, die verschwunden ist, und außerdem in einem versteckten Halfter einen leichten Revolver, den wir gefunden haben.«

Ross ließ sich Zeit. »Ich nehme an, Lieutenant, Sie sprechen von dem Toten, den man auf dem Skihang gefunden hat. Warum erzählen Sie mir das?«

»Das sollen Sie entscheiden. Wilson besaß außer dem fehlenden Gürtel, dem Revolver und dem verschwundenen Gepäck noch etwas, doch das lag im Motelsafe: vergiftetes Heroin für mindestens drei Spritzen. Wilson hatte das Zeug quer durch Arizona und Texas bei sich geführt, wo in drei verschiedenen Städten drei Männer an vergiftetem Heroin gestorben sind, und zwar jeweils ein bis zwei Tage, nachdem Harper vor Wilson da war und die Stadt wieder verlassen hatte.«

»Ich begreife immer noch nicht, Lieutenant«, sagte Ross, »was mich das angehen sollte – oder Paul Harper.«

»Trotzdem hören Sie mir zu«, sagte Johnny. »Sie sollen selbst entscheiden, warum ich Ihnen diese Geschichte erzähle. Einverstanden?«

Es ärgerte Ross, daß ein Kleinstadtpolizist ihn ausmanövriert hatte. Aber er ließ sich seinen Ärger nicht anmerken. »Ich werde mich um Geduld bemühen«, murmelte er.

»Und ich fasse mich kurz. In Tucson, Phoenix und El Paso haben Harper und Wilson im Abstand von nur wenigen Tagen im selben Motel gewohnt.« Er wehrte sofort ab. »Sie wissen das natürlich nicht, Mr. Ross, also ist es auch wenig sinnvoll, wenn Sie meine Schlußfolgerungen anzweifeln, nicht wahr?«

Ross schwieg. Außer Ärger empfand er jetzt eine zunehmende Bewunderung und nahm sich vor, gegenüber diesem Mann sehr vorsichtig zu sein. »Sind Sie nicht das, was man hier einen *chicano* nennt, Lieutenant?« fragte er plötzlich.

Johnny lächelte sogar. »Mein Vater war teils Anglo, teils Spanisch-Amerikaner. Meine Mutter war Apachin. Ich bin ich.« Seine Stimme blieb unverändert. »Ich finde es interessant, daß Harper und Wilson in denselben Motels wohnten. Noch interessanter ist, daß beide hier in Santo Cristo am selben Tag ein Sexkino besuchten. Harper war nur einmal dort, nämlich an dem Tag, als Wilson getötet wurde – und zwar in dem Kino getötet wurde, Mr. Ross.«

Es wurde still im Büro. Tony Lopez erschien in der Tür. Er sah Johnny schweigend an.

»Komm herein«, sagte Johnny. »Sergeant Lopez, Mr. Ross. Hör' zu, Tony, ich erzähle Mr. Ross gerade eine seltsame Geschichte.«

»Ich finde sie auch seltsam, Lieutenant«, sagte Ross. »Und ich wundere mich darüber, daß Sie Ihrer Sache so sicher sind.«

»Ziemlich sicher«, erklärte Johnny. »Wilson wurde im Kino getötet. Jemand nahm ihm den Gürtel ab. Jemand holte auch sein Gepäck aus dem Motel, aber er bekam nicht das vergiftete Heroin aus dem Safe des Motels. Wilsons Leiche wurde im Kino gefunden, und jemand geriet in Panik.« Er schüttelte den Kopf. »Nein, nicht der Mörder. Wir kennen den Mann. Es schneite heftig, und Wilsons Leiche wurde in einem Schneemobil zum Skihang hinauftransportiert, wo sie bis zum Tauwetter liegen blieb.« Er machte eine Pause. »Sie können mir glauben, Mr. Ross. Wir haben Beweise dafür, und es wäre sinnlos, wenn ich Sie anlügen würde.«

»Sind Sie fertig mit Ihrer Fabel, Lieutenant?«

Tony rechnete mit einer Explosion, aber er irrte sich. Johnny lächelte. »Jede Fabel hat ihre Moral, nicht wahr, Mr. Ross? Jemand hat aus Gründen, die ich mir denken kann, etwas

Heroin vergiftet und dafür gesorgt, daß in jeder der drei Städte eine Dosis verkauft wurde. Das fand Wilson heraus und besorgte sich etwas von dem vergifteten Heroin als Beweis zum Mitnehmen. Und zwar in die Zentrale, die den Rauschgifthandel dirigierte, Mr. Ross.«

»Das glauben Sie tatsächlich, Lieutenant?«

Johnny nickte. »Ja, aber ich bin nur ein einfacher Polizeibeamter, und vieles muß nicht stimmen. Seien Sie also nachsichtig. Wilson wollte mit der Probe beweisen, daß jemand versuchte, das Geschäft zu verderben. Aber Wilson ist nicht bis zur Zentrale gekommen. Er landete tot im Schnee.«

Tonys Ohr juckte, aber er getraute sich nicht, sich zu kratzen. »Sie sagten, Lieutenant, daß Sie sich denken können, warum jemand das Heroin vergiftet hat. Ist das nicht eine sehr merkwürdige Sache?«

»Nein«, antwortete Johnny. »Der Grund liegt doch auf der Hand. Wenn Sie darüber nachdenken, Mr. Ross, werden Sie zweifellos zum selben Schluß gelangen wie ich. Die Zentrale der Organisation würde das auch – wenn sie die Fakten wüßte.« Er stand auf. »Vielen Dank für Ihren Besuch. Sie haben mir damit eine Fahrt zum ›Lodge‹ erspart.«

Langsam erhob sich Ross. »Ich bewundere Ihre Phantasie, Lieutenant. Guten Tag.« Damit ging er.

Tony Lopez lehnte immer noch neben der Tür und schüttelte verwundert den Kopf. »Amigo, weißt du, was du da getan hast?« Natürlich weiß er es, fügte Tony in Gedanken hinzu. Johnny hatte es von Anfang an gewußt. Typisch Apache! »Du hast Harper nackt ausgezogen und ohne Wasser mitten in die Wüste gesetzt. Er ist praktisch ein toter Mann. Fast könnte er mir leid tun.«

»Wirklich?« fragte Johnny. Er dachte an sieben Leichen. »Mir nicht.«

18

Hawley begrüßte Snyder sehr liebenswürdig. »Kommen Sie herein, mein Sohn. Das ist Ben Hart, ein Freund von mir.« Während sich die beiden die Hände schüttelten, stand Hawley auf und holte aus dem Schrank eine Whiskyflasche und drei Gläser. Er schenkte ein und reichte die Gläser herum. »Ben interessiert sich sehr für diese Raven Immobilien.« Er setzte sich und lächelte Snyder an.

Natürlich hätte Snyder jetzt sagen müssen, daß die Ermittlungen vertraulich durchgeführt wurden, aber das ging bei einem Mann wie Hawley nicht. Es hatte sich in Washington herumgesprochen, daß man seine Fragen lieber beantwortete, bevor er entsprechende Maßnahmen ergriff. Trotzdem zögerte Snyder.

»Versuchen Sie den Bourbon«, forderte ihn Mark Hawley auf. »Ich hätte gern Ihr Urteil gehört.« Im selben Tonfall fuhr er fort: »Natürlich würden wir Ihnen niemals erlauben, daß Sie vertrauliche Informationen preisgeben, nicht wahr, mein Sohn?«

Snyder probierte. Der Bourbon ging hinunter wie guter Wein. »Natürlich nicht, Herr Abgeordneter«, sagte er.

»Uns geht es nur um einen allgemeinen Überblick.«

»Ja, Sir. Fangen wir also ganz von vorn an.«

Die beiden Alten hörten ihm schweigend zu, nippten an ihren Gläsern und machten Gesichter wie bei einem Pokerspiel. Es ging ja auch um sehr hohe Einsätze: Um Land im Wert von etwa fünf Millionen Dollar. Von dieser Seite hatte Snyder die Sache noch nicht betrachtet. Die beiden Alten offenbar schon.

»Noch einen Schluck Bourbon, mein Sohn?« Der Abgeordnete reichte die Flasche herum. »Wir sind Ihnen dankbar, daß Sie gekommen sind, um uns zu unterrichten. Ich werde dafür sorgen, daß man Ihre Arbeit im Finanzministerium entsprechend würdigt.« Wenn der Abgeordnete lächelte, sah er irgendwie einem Krokodil im flachen Wasser ähnlich.

Nachdem Snyder gegangen war, sagte Ben Hart nachdenklich: »Kennst du dich in diesem Firmengewirr aus? Ich habe längst den Faden verloren.«

»Ich hab's gar nicht erst versucht«, gab der Abgeordnete zu. »Nur zwei Leute sind wichtig: Harper und Ross. Wahrscheinlich nur Ross.«

»Das vereinfacht doch die Dinge, nicht wahr?« fragte Ben.

Der Abgeordnete goß sich Whisky nach und prüfte die Farbe, indem er das Glas vors Fenster hob. Nach einer ganzen Weile sagte er: »Du denkst immer sehr direkt, vielleicht ist das das beste.«

»Es gibt verschiedene Möglichkeiten, ein Pferd zuzureiten«, sagte Ben. »Manche Leute gehen ganz behutsam vor, aber ich habe immer einfach einen Sattel aufgelegt und bin aufgestiegen. Dann stellt sich schon heraus, wer besser ist: Du oder das Pferd.«

Der Abgeordnete lächelte anzüglich. »Schon mal geflogen?«

»Aber ja, nur bin ich wieder aufgestiegen und hab's noch mal probiert. Und noch einmal, wenn es sein mußte. Wenn der Gaul merkt, daß man nicht nachgibt, dann gibt er den Widerstand auf.«

»Ich sagte ja bereits, daß es vielleicht die beste Möglichkeit ist«, murmelte Hawley lächelnd.

Ross ging aus Johnnys Büro direkt zu der Telefonzelle in der Nähe der Plaza. Wieder meldete sich Harper nach dem ersten Klingelzeichen. »Ich habe Lieutenant Ortiz kennengelernt«, sagte Ross ohne Einleitung, »und ich glaube, wir sollten uns sofort zu unserer kleinen Unterredung treffen, Paul.« Er wartete, bekam aber keine Antwort. »Hören Sie mich?«

»Ja, Sir.«

»Der Lieutenant weiß bereits, daß ich an den Raven Immobilien interessiert bin, also komme ich zu Ihnen ins Büro. Warten Sie dort auf mich.«

»Ja, Sir«, sagte Harper, legte auf und dachte: Denkste! Er hatte keine Ahnung, wie und warum Ross und Ortiz einander begegnet waren, aber er hielt es auch nicht für ratsam, abzuwarten, bis er es erfuhr. Schuld daran war nur diese schwarze Anthropologin, dachte er und wurde immer wütender.

Ross warf noch eine Münze ein und wählte die Vermittlung. Er nannte die Nummer seiner Kreditkarte und einen Anschluß in New York. Während er auf die Verbindung wartete, ging ihm der Gedanke durch den Kopf, daß dieser Johnny Ortiz für einen Polizisten sehr schlau war.

»Midtown Enterprises«, meldete sich eine Männerstimme.

»Bernie, hier spricht Peter Ross.«

»Ja, Sir.«

»Ich möchte gern, daß Sie für mich einen Vertrag aufsetzen und ihn bereithalten. Er betrifft Paul Harper von den Raven Immobilien in Santo Cristo.«

»In Ordnung, Mr. Ross.«

»Ein sehr guter Mann, Bernie, und wenn wir den Vertrag unterschreiben, muß gut für ihn gesorgt werden.«

»Ich kümmere mich darum, Mr. Ross.«

»Ich bleibe länger als erwartet, Bernie, und habe deshalb noch eine kleine Aufgabe für Sie. Man sagte mir, daß Ende vergangenen Jahres in Tucson, Phoenix und El Paso schadhafte Ware aufgetaucht sei. Ich möchte wissen, warum ich nicht verständigt wurde. Außerdem möchte ich wissen, ob die Ware unterwegs beschädigt wurde oder ob die Sendung von vornherein schadhaft war. Wir müssen auf unseren guten Ruf achten, Bernie, und fehlerhafte Lieferungen schaden uns. Kümmern Sie sich darum.«

»Mach' ich, Mr. Ross.«

Ross legte auf, nahm seine Münze aus dem Rückgabekasten und trat auf die Plaza hinaus. Er setzte sich auf dieselbe Bank wie vorhin und überlegte, was er Paul Harper sagen sollte. Auf den Gedanken, daß Harper fliehen könnte, kam er gar nicht. Wohin sollte der Mann auch?

Vieles hing von Harpers Antworten auf gewisse Fragen ab, die der Lieutenant aufgeworfen hatte. Trotzdem war Ross beinahe entschlossen, den Vertrag durchzuziehen. Er empfand dabei kein Mitleid, sondern nur leichten Ärger über den Verlust, denn Paul war ein recht nützlicher Mann gewesen.

Wenn Paul sich danebenbenommen hatte, wie der Lieutenant andeutete, dann steckte noch ein anderer dahinter, denn Paul allein hätte diesen Schritt nie gewagt: der dicke Expolitiker in New Jersey, dem man den Versuch einer Machtübernahme durchaus zutrauen konnte. In seiner Stellung war ein Frontalangriff unmöglich, deshalb mußte Paul die Rechnung bezahlen. Peter Ross konnte auf diese Weise demonstrieren, daß er nicht bereit war, die Macht aus den Händen zu geben.

Seufzend stand er von seiner sonnenwarmen Bank auf und ging die kurze Straße hinunter zum Büro der Raven Immobilien. Es war nicht abgeschlossen. Er trat ein und sah niemanden. Die Warnglocke schlug wieder an.

Harpers Büro war leer. Ross sah sich eine Weile um, dann durchsuchte er die Schubladen. Sie waren ausgeräumt.

Er setzte sich, griff nach dem Telefon und verlangte noch einmal dieselbe Nummer in New York. Als sich die Männerstimme meldete, sagte er nur: »Wir unterschreiben den Vertrag, Bernie.«

»Sehr wohl, Mr. Ross.«

»So rasch wie möglich.«

Ross saß noch eine Weile da und betrachtete den Plan an der Wand. Morgen mußte er sich in Santo Cristo einen verläßlichen Anwalt besorgen und die losen Fäden wieder aufnehmen. Schade, daß man Paul Harpers Berichten nicht trauen konnte.

Er verließ das Büro, schloß die Tür hinter sich und überlegte, ob er zu Cindy und seiner Frau an den Swimmingpool gehen sollte. Es tat ihm leid, Cindy enttäuscht zu haben.

In Santo Cristo gab es keine großen Entfernungen, denn die Stadt war nicht geplant, sondern organisch gewachsen.

Harper ließ seinen Wagen in einer Nebenstraße stehen, wo er bei etwas Glück erst nach zwei oder drei Tagen auffallen würde. Das letzte Stück zu dem ziemlich abgelegenen Haus in der Arroyo Road ging er zu Fuß. In der Wagenremise stand kein Auto, die Haustür war abgeschlossen. Auch die Hintertür. Aber es fiel ihm nicht schwer, durch ein kleines Fenster ins Haus zu gelangen. Mit dem Bleistift in der Hand setzte er sich ans Telefon und nutzte die Wartezeit.

»Ich glaube nicht, daß Harper Sonny March kennt«, sagte Tony Lopez. »Sam Christopher verneint es, aber das heißt nicht viel. Mein Vetter Emilio sagt, er habe Harper nie in der Nähe des Bungalows von March gesehen, und das bedeutet mehr. Du weißt schon, daß Harper und Ross sich kennen. Wie weit sind wir damit?«

»Ich weiß es nicht«, antwortete Johnny ehrlich.

»Ich habe mich auch nach Pete Gardena erkundigt«, fuhr Tony fort. »Da kommen wir auch nicht weiter. Die einzigen Leute, die bezeugen können, daß Pete tatsächlich das Heroin verkauft hat, sind alle tot. Waldo Davega sagt zwar, er hätte Pete das Zeug verkauft, aber da steht Aussage gegen Aussage, und wir haben nicht einmal Beweise dafür, daß Waldo den Stoff überhaupt in seinem Besitz hatte.« Tony zuckte die breiten Schultern. »Wir wandern im Kreis, Amigo.«

Johnny lächelte. »Manchmal weiß man aus der Fährte eine Menge über einen Bären und findet ihn doch nicht. Manchmal biegt man um eine Ecke und steht ihm plötzlich gegenüber, und dann lernt man ihn besser kennen als man will.«

Tony überlegte: »Du willst damit wohl sagen, daß der Bär jetzt am Zug ist.«

Johnny nickte. »So ungefähr. Wenn nicht jemand etwas unternimmt, so haben wir nichts weiter als Theorien.« Er stand auf. »Machen wir Feierabend.«

Die Sonne schien hell, der Himmel war blau, die Luft frisch und trocken. Manchmal gewinnt man, manchmal verliert man, dachte Johnny. Das war eine praktische Philosophie, aber sie befriedigte ihn nicht. Er war jetzt davon überzeugt, daß dieser Peter Ross in der Hierarchie der Organisation, die sich mit der Verteilung von Heroin befaßte, ganz oben stand – und trotzdem konnte der Mann frei herumlaufen und in einem Luxushotel wohnen. Das ärgerte Johnny. Es befriedigte ihn auch nicht, daß Paul Harper auf Ross' Befehl bestraft oder gar liquidiert werden sollte, denn solche Leute mußten doch auch mit dem Gesetz zu fassen sein.

Dieses Gefühl, vielleicht doch kein so guter Polizist zu sein, beschwerte Johnny nur selten, aber jetzt quälte es ihn. Möglich, daß er sich mit Leuten wie Ross und Harper übernommen hatte. Oder Cassie hatte recht, und sein Theoriengebäude war nichts anderes als eine kopflastige Struktur auf zu schwachen Beinen von Tatsachen.

Er stieg in seinen Kombi und steuerte den rettenden Hafen in der Arroyo Road an. Früher hätte er sich mit seinem Groll in einen stillen Winkel zurückgezogen.

Cassies Wagen stand in der Remise. Johnny parkte dahinter, stieg aus und ging zur Haustür. Er wollte gerade anklopfen, da trat Cassie in die Tür und starrte ihn an wie einen Geist.

»*Chica*«, fragte Johnny besorgt, »was ist los?«

Sie schüttelte schweigend den Kopf. Ihre Augen schienen ihm etwas sagen zu wollen, aber er verstand es nicht.

»Willst du mich nicht hereinlassen?«

Cassie schloß verzweifelt die Augen. Sie öffnete sie wieder und schüttelte wie entschuldigend den Kopf. Dann gab sie Johnny den Weg frei. Er blieb nach zwei Schritten stehen.

Harper schloß die Tür. Die Mündung seines Revolvers zeigte auf Johnnys Magen, und man merkte seinem Verhalten an, daß er sich nicht zum erstenmal in einer solchen Situation befand.

»Immer ganz langsam«, sagte Harper. »Umdrehen!«

Johnny drehte sich um. Er ließ sich von Harper filzen.

»Sie scheinen in Ordnung zu sein«, sagte Harper. »Sie dürfen sich da drüben aufs Sofa setzen. Sie auch, Cassie.«

Sie saßen dicht nebeneinander, berührten sich aber nicht. »Tut mir leid, Johnny«, sagte Cassie. »Er war schon hier, als ich nach Hause kam. Er ...« Sie schüttelte fassungslos den Kopf.

»Wo ist Chico?« fragte Johnny.

Cassie schloß die Augen und schwieg.

Harper antwortete: »Er wollte mich beißen. Das lasse ich mir nicht gefallen. Er wird niemanden mehr beißen.« Er setzte sich in einen Sessel und legte den Revolver leicht aufs Knie.

Johnny fragte: »Was wollen Sie damit erreichen?«

Cassie antwortete mit unsicherer Stimme: »Den Flughafen, Johnny.« Sie biß sich auf die Lippen. »Er will eine Maschine entführen.«

»Nicht aufregen, *chica*.«

»Und Sie werden mir dabei helfen«, sagte Harper. »Ihr beide habt mich in diese Sache hineingeritten, ihr werdet mich auch wieder herausholen.« Er betrachtete ein Blatt mit seiner eigenen Handschrift. »Um 19 Uhr kommt eine Maschine aus New York, Chicago und Oklahoma City und fliegt weiter nach Westen. Nach zwanzig Minuten Aufenthalt in Santo Cristo geht es nach Phoenix und Los Angeles.« Er lächelte Cassie an und schüttelte den Kopf. »Sie irren sich, Sie haben Ihre wissenschaftliche Objektivität verloren. Ich werde keine Maschine entführen, wenn ich nicht muß. Ich will nur sicher an Bord kommen.« Er deutete mit dem Revolver auf Johnny. »Das ist Ihre Aufgabe.«

Cassie wollte etwas sagen. Johnny legte ihr die Hand auf den Arm. »Das ist sinnlos«, sagte er zu Harper.

»Für mich nicht.«

»Bisher haben wir Sie nur überprüft«, erklärte Johnny. »Wir hätten Sie nicht einmal am Besteigen der Maschine gehindert.«

»Kann sein.«

»Aber jetzt liegen die Karten auf dem Tisch.« Er ließ Harper nicht aus den Augen. »Sie laufen nicht vor der Polizei davon, sondern vor Ross, stimmt's?«

»Was haben Sie ihm erzählt?« fragte Harper mit gepreßter Stimme.

»Was hat er behauptet?«

Harper schüttelte fast unmerklich den Kopf. »Das habe ich nicht abgewartet. Es genügte ein Telefonanruf von ihm ... Der Teufel soll Sie holen! Wenn Sie sich nicht eingemischt hätten ...«

»Sie irren sich«, sagte Johnny voll stiller, kalter Wut. »Sie versuchen, auf beiden Schultern zu tragen, Doktor, und das ist schwer.«

»Doktor?« fragte Cassie.

»Doktor der Medizin«, erklärte Johnny. »Natürlich abgehalftert.« Er wandte sich wieder an Harper. »Es sollte nicht bekannt werden, daß Sie etwas mit dem vergifteten Heroin zu tun hatten. Aber alles ging schief, stimmt's? Wilson ist Ihnen dahintergekommen, wie?«

Harper ließ sich Zeit. »Reine Erfindung«, sagte er schließlich.

»Na, schön«, sagte Johnny. »Vielleicht werden wir nie erfahren, wie Wilson dahintergekommen ist. Vermutlich hat's ihm jemand gesagt. Das ist jetzt unwichtig. Er hat Sie erst hier in Santo Cristo erwischt und wahrscheinlich gefragt, ob Sie etwas über das vergiftete Heroin wüßten. Schließlich arbeiteten Sie für dieselbe Firma und denselben Chef.«

»Das haben Sie Mr. Ross gesagt?«

»Zum Teil. Es geht vor allem um den Mord in dem Sexkino, der auf eine so perfekte Art durchgeführt wurde, daß dazu fast ein Arzt gehört. Weiter um den fehlenden Gürtel, der vermutlich Geld enthielt; um das schlechte Heroin im Motelsafe, und um einen Mann, der in höchster Panik Wilsons Leiche auf ein Schneemobil lud und zum Skihang hinauftransportierte. Das muß für Sie ein Schock gewesen sein – als die Leiche nicht auftauchte, meine ich.«

Harper wählte seine Worte mit Bedacht. »Eigentlich sollte ich Sie jetzt gleich erschießen, Ihnen eine Kugel in den Bauch jagen, weil man daran so schön langsam stirbt.«

»Ihre Version des Marterpfahls.« Johnny nickte. »Aber dann werden Sie kaum an Bord der Maschine gelangen. Sie wissen doch, daß Ross längst telefoniert hat, daß Ihr Name auf der schwarzen Liste steht, und daß Sie ohne mich wahrscheinlich nicht einmal bis zum Flughafen gelangen, geschweige denn nach Phoenix.«

Es folgte ein längeres Schweigen. Johnny drückte Cassies Hand und dachte: Jetzt hat sich der Bär gerührt. Er fragte sich, wie gründlich Harper seinen Plan durchdacht haben mochte, denn er enthielt einen offenkundigen Fehler, und Johnny wollte wissen, ob Harper ihn erkannte. Er fragte: »Nehmen wir einmal an, Sie erreichen die Maschine – was dann?«

»Dann werden Sie mich nie wiedersehen.«

»Geld haben Sie«, murmelte Johnny. »Der Inhalt des Gürtels dürfte für eine Weile reichen. Aber was hindert mich daran, nach Phoenix zu funken, daß man Sie nach der Landung festnehmen soll? Wollen Sie mich auf dem Flugplatz vor allen Leuten erschießen, nur um mich zum Schweigen zu bringen?«

Harper schüttelte den Kopf. Er machte jetzt einen sehr ruhigen Eindruck. »Ich schieße nur, wenn ich unbedingt muß. Etwas anderes wird Sie von Dummheiten abhalten: Cassie. Sie wird mit mir in der Maschine sitzen, und wenn mir jemand in Phoenix oder in Los Angeles in die Quere kommt, dann ist Ihr Mädchen tot.«

19

Die Maschine der Trans-National Airlines, Flug 118, war beim Start in Oklahoma City in der ersten Klasse nur mit sechs Passagieren besetzt: Einer hoffnungsvollen jungen Schauspielerin mit ihrem älteren Agenten, zwei Geschäftsleuten, die sofort den Nachbarsitz mit Papieren belegten, und zwei stillen, unauffällig gekleideten Männern Anfang Dreißig. Sie baten beim Start in New York um einen Tisch und begannen sofort Rommé zu spielen. Beim Essen sprachen sie kaum, und danach spielten sie gleich weiter.

»Vielleicht Fernsehproduzenten oder Regisseure«, vermutete eine der Stewardessen.

Ihre Kollegin war anderer Meinung. »Sie fliegen nicht nach Los Angeles, sondern nur bis Santo Cristo. Fernsehtypen reden gern. Die da trinken nicht einmal.«

»Es wird Zeit«, sagte Harper und machte eine Bewegung mit dem Revolver. »Vergessen Sie nicht, Johnny: Der erste Schuß, den ich abfeuern muß, gilt ihr.«

Johnnys Gewehr hing in der Halterung über dem Rückfenster. »Das nehme ich an mich«, sagte Harper. Er ging damit ein paar Schritte zur Seite und warf die fünf Patronen aus dem Magazin heraus. Er hob sie auf und legte sie ins Handschuhfach. »Damit Sie Bedenkzeit bekommen, bevor Sie etwas anstellen«, sagte er zu Johnny. »Fahren wir.«

Johnny saß am Steuer, Cassie zwischen den beiden Männern. Die Spannung war von Harper gewichen. »In gewisser Weise tut es mir leid, Santo Cristo zu verlassen«, sagte er. »Eine hübsche Stadt.«

»Uns gefällt sie«, sagte Johnny. Er merkte, wie Cassie ihn unentwegt beobachtete und offenbar ein Wunder von ihm erwartete – daß er Harper beispielsweise die Waffe abnahm, bevor er einen Schuß abfeuern konnte. Aber Johnny dachte nicht daran. Harper war ein Profi, das stand fest. Und da er nichts mehr zu verlieren hatte, war er zudem noch ein gefährlicher Profi. Johnny sah nur eine einzige Chance: Die Nerven behalten und auf eine Chance warten. Er sagte: »Deshalb sehen wir es nicht gern, wenn Leute wie Sie daherkommen und unsere Heimat verschandeln.«

»So dürfen Sie nicht reden«, widersprach Harper. »Wir bringen euch doch die Zivilisation.« Er lächelte Cassie an. »Mit allen hübschen Begleiterscheinungen wie Übervölkerung, Luftverschmutzung, Wassermangel, Arbeitslosigkeit . . .«

»Hören Sie auf!« fauchte Cassie.

»Immer mit der Ruhe!« warnte Johnny.

Harper sagte: »Als Anthropologin sollten Sie das Verhalten der Menschen studieren und nicht kritisieren. Nehmen Sie mich . . .«

»Der voller Angst flieht«, sagte Johnny.

Harper schwieg eine Weile, dann nickte er. »Ich gebe es zu. Aber medizinisch gesehen, ist das gut. Angst produziert Adrenalin, und das feuert an.«

Cassie schloß die Augen. In ihren Augen gaben beide Männer an wie kleine Jungen, und das gefiel ihr nicht. Die Situation war unwirklich und beängstigend. Wenn ich nun mit ihm die Maschine besteigen muß – was dann? dachte sie. Er ist verbittert. Was wird er mit mir machen, wenn wir irgendwo im Dunkeln aussteigen? Sie versuchte, diese Fragen zu verdrängen.

Johnny fragte: »Ich hätte gern gewußt, wie Sie vom Erdboden verschwinden wollen. Ihre Organisation kann Sie doch überall aufspüren.«

»Meine Angelegenheit.«

»Ich kann natürlich nur raten«, fuhr Johnny fort. »Aber an Ross' Stelle würde ich genau so handeln wie die Leute von der

Post. Sie verfolgen jeden Postdiebstahl mit allen verfügbaren Mitteln, deshalb sind unsere Briefkästen einigermaßen sicher. Wenn Ross Ihnen das durchgehen läßt, ermutigt er andere, stimmt's?«

»Halten Sie den Schnabel!« fuhr ihn Harper an. Er war nicht mehr gelassen. »Biegen Sie hier in den Parkplatz ein. Gut. Wir gehen zu Fuß. Cassie nimmt die Reisetasche. Sie ist nicht schwer. Da.« Er reichte Johnny zwei Geldscheine. »Holen Sie die Flugscheine. Die Plätze sind auf den Namen Hawkins reserviert. Zweimal einfach nach Los Angeles.«

Cassie stand ein Stück vom Schalter entfernt neben Harper. Der hatte sich einen leichten Regenmantel über den linken Arm gelegt und die Rechte daruntergeschoben. »Machen Sie ein freundliches Gesicht, Doktor«, forderte er sie auf. »Dann kehren Sie vielleicht zu Ihren Grabungen zurück.«

Harper sah, daß Johnny den Umschlag mit den Tickets in der Hand hielt und damit zur Rolltreppe deutete. »Gehen wir!« sagte Harper.

Sie fuhren hinauf, durchquerten eine Halle und fuhren mit einer zweiten Rolltreppe wieder hinunter. Durch einen langen Korridor führte der Weg unter der Rollbahn hindurch, dann ging es wieder nach oben. Ein Lautsprecher verkündete: »Alle Passagiere für Flug Eins-Achtzehn Trans-National Airlines bitte zum Ausgang vier. Fluggäste nach Phoenix und Los Angeles bitte fertigmachen zum Anbordgehen.«

»Genau getroffen«, murmelte Harper zufrieden.

Durch die Fenster des Flughafengebäudes sahen sie auf den beleuchteten Flugplatz hinaus. Die Düsenmaschine wurde von einem Mann am Ausgang vier eingewinkt. Die Düsen erstarben. Eine Gangway wurde ausgefahren, die Tür der Maschine öffnete sich.

»Ich lasse die Karten kontrollieren«, sagte Johnny und ging auf die Sperre zu.

»Sie?« fragte Harper eiskalt.

»Ich fliege mit«, erklärte Johnny. »Sie haben doch nicht etwa angenommen, daß ich Sie allein fliegen lasse?« Er hob den Umschlag. »Drei Tickets!« Er sah Harper herausfordernd an.

Die Fluggäste kamen schon die Gangway herunter, allen voraus die beiden Rommé-Spieler aus der ersten Klasse. Sie überquerten die wenigen Meter bis zum Flughafengebäude, öffneten die Tür und traten ein.

Harper sagte zu Johnny: »Sie machen es sich selbst schwer. Besonders ihr. Sie versuchen zu bluffen . . .« Er brach ab.

Dann sagte einer der Männer aus der Maschine: »Hallo, Paul. Wollen Sie weg?« Er lächelte, aber kein angenehmes Lächeln.

Harper drängte sich zwischen den beiden Männern hindurch und tauchte ins Gewühl. Er rannte auf den Flugplatz hinaus und mied das helle Licht der Lampen.

Cassie wäre glatt umgefallen, wenn Johnny sie nicht am Arm festgehalten hätte.

Am nächsten Morgen saß Johnny an seinem Schreibtisch und berichtete Tony Lopez, was geschehen war. Er fühlte sich bei weitem nicht so unbekümmert, wie er tat. »Natürlich wird nach Harper gefahndet. Zumindest Kidnapping können wir ihm anhängen. Und wir werden ihn finden.« Nach einer Pause fügte er hinzu: »Falls er noch am Leben ist.«

»Was waren das für Leute?« fragte Tony.

Johnny lächelte kalt. »Geschäftsleute aus New York. Sie sind bei einer Firma namens Midtown Enterprises beschäftigt. Freunde von Harper, wie sie behaupten. Sie können sich gar nicht vorstellen, warum er bei ihrem Anblick durchdrehte.«

»Irgendwelche Waffen?«

»Diese Leute führen keine Waffen bei sich. Sie sind Jäger, sagen sie. Die Gewehre sind verpackt. Fischruten haben sie auch mit. Kannst du dir vorstellen, was geschieht, wenn wir jeden filzen, der zum Angeln und Jagen in unseren Bundesstaat kommt?«

Tony konnte es sich lebhaft vorstellen: Die ganze Wirtschaft war auf den Tourismus abgestellt, und zu den Hauptattraktionen gehörten berühmte Jagd- und Fischgründe. Johnny war machtlos.

»Wir werden sie im Auge behalten«, sagte Johnny. »Aber

natürlich nichts tun, was eine Beschwerde heraufbeschwören könnte.«

Tony fluchte vor sich hin. Dann fragte er: »Muß ich den Hut vor ihnen ziehen, wenn ich sie sehe? Und vor diesem Ross auch?«

Johnny konnte seinen Freund verstehen. Er unterdrückte die eigene Wut. »An Pete Gardena können wir nicht heran. Mir geht es um Harper, dann sehen wir weiter.«

Zusammen mit Cassie begrub er an diesem Morgen Chico. Zum Schutz gegen Tiere bedeckte er das Grab mit Ziegelsteinen. Cassie weinte. »Er brauchte Chico doch nicht – umzubringen.«

»*Chica*«, sagte Johnny leise. »Etwas Lebendiges bedeutet für Leute wie Harper nichts. Wir besorgen einen neuen Chico.«

»Ich will keinen. Nie wieder.«

»Du gleitest wieder in die Isolierung zurück.« Auch dafür mußte ihm Harper geradestehen.

Bevor sich Johnny von Cassie verabschiedete, hatte er noch etwas zu erledigen. Er untersuchte genau den Boden an der Stelle, wo am Abend zuvor der Kombi geparkt hatte. Drei oder vier Fußabdrücke Harpers waren im Staub klar zu erkennen; er hatte sie verursacht, als er das Gewehr aus dem Kombi holte. Johnny genügten sie, um diese Spur jederzeit wiederzuerkennen.

Als er sich aufrichtete und sich automatisch die Knie abstaubte, versprach er: »Wir werden ihn finden, *chica*.«

»Johnny . . .« Sie schüttelte den Kopf.

»Und dann wird er niemanden mehr umbringen.«

Später, in seinem Büro, war er dessen nicht mehr so sicher. Da hatte er es mit Fakten und nicht mit Gefühlen zu tun.

»Er hat viel Platz«, sagte er zu Tony. »Wohin wird er wohl fliehen?«

Tony hob und senkte nur seine breiten Schultern.

Johnny fuhr fort: »Er ist eine Großstadtpflanze und hat die Instinkte einer solchen.«

»Hier sind wir aber nicht in der Großstadt, Amigo!«

Stimmt. Johnny dachte darüber nach. In Santo Cristo konnte man nicht so einfach untertauchen wie beispielsweise in New York oder Los Angeles. Draußen auf dem freien Land war eher ein Versteck zu finden. Johnny suchte nach einem Anhaltspunkt. »Ich habe gehört, er ist ein guter Skiläufer.«

Tony schüttelte den Kopf. »Um diese Jahreszeit muß man sehr hoch hinauf ins Gebirge, bevor man genug Schnee findet. Dann steckt er in einer Sackgasse und kann nicht mehr weiter.«

Auch das stimmte.

»Was er kennt, ist das Gebiet der Raven Immobilien«, fuhr Tony fort. »Aber was haben wir davon? Fuchslöcher, Kaninchenbaue – aber nicht einmal ein Gebäude.« Er betrachtete Johnny aufmerksam. »Was habe ich jetzt wieder gesagt?«

»Gebäude – daran denken Stadtratten doch zuerst, wie?«

Tony nickte vorsichtig.

»Wo liegen, vom Raven-Gelände aus, die nächsten Gebäude?«

»In erreichbarer Nähe gibt es nur Bens Ranch.« Seine Miene erhellte sich. »Du glaubst . . .?«

»Er hat nicht viel Geld«, sagte Johnny. »Cassie trug die Reisetasche mit neunzigtausend Dollar drin.«

Tony stieß einen leisen Pfiff aus.

»Wieviel davon aus Wilsons Geldkatze stammt, ist schwer zu sagen. Auf jeden Fall war es Harpers Fluchtkapital, und ohne dieses Geld sitzt er jetzt auf dem trockenen.« Er sah Tony an und fragte nachdenklich: »Wenn du eine Waffe hättest, nur die Kleider am Leib und höchstwahrscheinlich keine Freunde – was würdest du dann tun?«

Tony schüttelte den Kopf.

»Er wird sich sagen, daß ich zu allererst einen Steckbrief gegen ihn erlasse. Damit sind ihm Flughäfen, Busbahnhöfe und die Autostraßen versperrt. Ich an seiner Stelle würde mich unsichtbar machen, bis der Eifer der Polizei ein wenig nachläßt. Straßensperren kann man nicht endlos aufrechterhalten, und wenn nach zwei oder drei Tagen immer noch keine Spur des Gesuchten aufgetaucht ist, muß man annehmen, daß er irgendwie durch die Maschen des Netzes geschlüpft ist. Man wird ihn woanders suchen.

Seine Flucht begann am Flughafen«, fuhr Johnny fort.

»Dahinter liegt nichts als offenes Land. Wenn er zu Fuß losgezogen ist . . .«

»Dann werden uns die Aasgeier zu ihm führen.« Diese Vorstellung war Tony nicht unangenehm, wenn auch weit hergeholt.

Johnny fuhr in seinem Gedankengang fort: »Aber vom Flugplatz aus sind gewisse Punkte durchaus erreichbar.« Er versuchte sich in Harpers Lage zu versetzen. »Es ist dunkel, er trägt einen Stadtanzug und leichte Halbschuhe . . .«

»Dann steht ihm einiges bevor«, sagte Tony. »Stechäpfel und Dornen, Kakteen, die einem Menschen die Haut abziehen können.«

Johnny lächelte. »Aber wie er gestern selbst sagte: Das Adrenalin fließt in seine Adern. Er weiß, daß er es nicht leicht haben wird, wenn ich ihn erwische, und daß er tot ist, wenn ihn die anderen zuvor kriegen.« Er überlegte, entdeckte aber keinen Fehler in seiner Argumentation. »Er wird sich also beeilen, weil er vor Sonnenaufgang ein Versteck finden muß.«

»Und du tippst auf Bens Ranch?«

»Nur eine Vermutung, Tony. Es gibt noch andere Möglichkeiten. Fangen wir beim Flughafen an.«

Tony wollte widersprechen, ließ es aber sein. Wenn sich dieser Indianer etwas in den Kopf gesetzt hatte, dann war es ihm nicht mehr auszureden.

»Ich kenne seine Spur«, sagte Johnny. »Sobald er Beton und Teerstraße verlassen muß und über offenes Land läuft, werden wir die Spur finden.«

Tony zweifelte nicht daran.

»Zuerst warnen wir Ben«, sagte Johnny. »Los!«

20

Sie fuhren in Johnnys Kombi los. Die nachgeladene Büchse hing wieder fest an ihrem Platz über dem Rückfenster. Sie ratterten über die Rindersperre und wirbelten auf den acht Meilen Privatstraße eine mächtige Staubwolke auf. Ein bekannter Wagen parkte vor der Tür.

»Mark Hawley«, stellte Johnny erfreut fest. »Seltsam: Jahrelang waren er und Ben wie Hund und Katze, und jetzt sind sie wieder dicke Freunde.« Wegen Cassie, dachte er. Vieles hatte sich durch Cassie verändert, auch bei ihm. Harper konnte es nicht ahnen, aber durch sein Vorgehen gegen Cassie hatte er sich in Santo Cristo zahlreiche Feinde gemacht.

Sie kamen in dem großen zweistöckigen Wohnzimmer zusammen. Mark Hawley saß in einem tiefen Sessel, Ben Hart stand am Kamin. Johnny berichtete vom vergangenen Abend. Tony lehnte an der Wand und hörte schweigend zu. Die beiden Alten waren aus einer härteren Zeit übriggeblieben, ihre Reaktion ließ sich leicht voraussagen. Er irrte sich nicht.

Ben Hart sagte: »Sie halten es also für möglich, daß er sich irgendwo auf der Ranch aufhält.« Das war keine Frage, sondern eine Feststellung. Er ging durch den großen Raum, holte einen Schlüssel aus der Westentasche und schloß damit den Waffenschrank auf. Er nahm ein Gewehr heraus, zögerte und drehte sich zu dem Abgeordneten um. »Für dich auch eins?«

»Teufel, ja! Oder glaubst du, ich kann damit nicht mehr umgehen?« Er stemmte sich aus seinem Sessel.

Tony verkniff sich ein Lächeln.

»Vielleicht ist er auch nicht hier«, sagte Johnny.

»Kann sein«, antwortete Ben. »Aber wenn er hier ist, kriegen Sie ihn.« Er reichte Hawley das Gewehr. »So oder so. Und wenn wir hier fertig sind, haben wir noch eine Kleinigkeit zu erledigen, denke ich.«

»Höchste Zeit«, stellte der Abgeordnete fest.

Tony machte ein erstauntes Gesicht, Johnny schien nichts gehört zu haben. »Wir fahren wieder«, sagte er lächelnd. »Petri Heil!«

Er fuhr die lange, staubige Straße zur Hauptstraße zurück und dann weiter nach Süden, am Raven-Gelände vorbei zum Flughafen. Dort parkte Johnny seinen Kombi und ging hinein, um mit dem Direktor zu sprechen.

»Können Sie gern machen«, sagte der Direktor. »Es ist ein langes Stück Zaun, aber wenn Sie es für aussichtsreich halten ...«

»Bestimmt!«

»Verbauen Sie mir nur nicht die Rollbahnen.«

Johnny und Tony marschierten genau wie am Abend zuvor mit Harper und Cassie durch den Korridor unter der Rollbahn hindurch und fuhren dann mit der Rolltreppe wieder hinauf. Sie verließen das Gebäude durch die Tür, an der Harpers Flucht begonnen hatte. Johnny sah sich um.

»Er ist dorthin gelaufen, ins Dunkle.«

»Aber da geht es zum Hauptgebäude zurück«, wandte Tony ein. »Lichter, Menschen, die Straße in die Stadt ...« Er schüttelte den Kopf. »Nichts für ihn.«

»Richtig«, sagte Johnny und deutete in die entgegengesetzte Richtung. »Selbst wenn er umgekehrt und nach dort über den Zaun geflohen ist ...«

»Hat er sechzig Meilen zu Fuß und ohne Wasser vor sich«, sagte Tony. »Dann brauchen wir uns seinetwegen nicht mehr den Kopf zu zerbrechen.«

Johnny streckte wieder die Hand aus. »Wenn er diese Richtung eingeschlagen hat, will er zu Bens Ranch. Dann können wir ihn Ben und Mark Hawley überlassen.«

Tony runzelte die Stirn. »Was bleibt dann noch?« Er sah hinüber zu den Bergen. »Dort drüben gibt es nichts, bis auf ein paar aufgegebene Bergwerksstollen.«

»Und Granada«, sagte Johnny. »Warst du schon mal dort?«

»Verdammt!« rief Tony. »Klar war ich dort. Als Kind. Und es ist darüber geschrieben worden. Da lief eine Frau umher und machte Bilder von den verlassenen Geisterstädten ...«

»Vielleicht hat Harper etwas darüber gelesen.« Er ging zum Gebäude zurück. »Wir untersuchen in dieser Richtung den Boden außerhalb des Zauns.«

Johnny tat, als sei das ganz einfach. Das ärgerte Tony am meisten.

Irgendwann im Laufe der Nacht war Wind aufgekommen, aber Harper schlief den Schlaf der Erschöpfung und hörte ihn nicht. Er lag müde und zerschlagen da und lauschte dem Jaulen in leeren Tür- und Fensterhöhlen, dem Klappern loser Bretter und Dachschindeln.

Er stand auf. Der eine Fuß wollte nicht so recht. Er sah hinab und bemerkte am Sohlenrand einen fünf Zentimeter langen Kaktusstachel. Wütend streifte er ihn am Türrahmen ab. Man hätte das gottverdammte Land den Indianern lassen sollen! dachte er. Die haben nichts Besseres verdient. Dabei kam er natürlich auf Johnny Ortiz, und auf ihn konzentrierte sich seine Wut.

Wilson – Cassie – Ortiz: Das war genau der Weg seiner Pechsträhne.

Zuerst war Wilson hinter die Sache mit dem vergifteten Heroin gekommen und hatte sich eine Probe besorgt, um sie mit nach New York zu nehmen und ihm Schwierigkeiten zu machen. Also weg mit Wilson. Damit hätte die Sache erledigt sein müssen. Ein Toter mit einer Waffe in einem Sexkino – die Zeitungen hätten vermutlich von Gangsterfeme geschrieben; was hätte die Polizei da machen wollen?

Aber nein. Irgendwie war die verdammte Leiche verschwunden und erst drei Monate später wieder aufgetaucht. Jetzt war natürlich ein Geheimnis daraus geworden, in dem alle herumstocherten.

Dann diese Cassie Enright, die schwarze Hexe mit dem guten Ruf, der man hier alles glaubte, was auch nur entfernt mit Anthropologie zu tun hatte; also mußte man sie für das Grundstücksprojekt gewinnen. Wo dieses dunkelhäutige Luder war, konnte Johnny Ortiz nicht fern sein. So war dieser Indianer mit ins Spiel gekommen.

Ich hätte ihn gestern abend in Cassies Haus erledigen sollen, dachte Harper. Der Flughafen war offenbar noch nicht überwacht worden, und das Mädchen wäre Garantie genug gewesen.

Natürlich wären trotzdem Willie und Lew durch die Tür hereingekommen – aber irgendwie war alles doch Schuld dieses Ortiz. Und Harper konnte es ihm nicht einmal heimzahlen, denn wenn er nicht spurlos von der Bildfläche verschwand, war er so gut wie tot.

Kaum zu glauben, daß hier einst Menschen gelebt haben, genau wie in den Höhlen an der Mesa. Aber es mußte wohl so gewesen sein, das wußte er auf Grund seiner naturwissenschaftlichen Ausbildung.

Als die Bergwerke noch förderten, hatten hier Menschen gelebt, und vielleicht wisperten jetzt ihre Geister durch die leeren Häuser. Harper glaubte nicht an Gespenster, aber an irgend etwas mußte er denken, sich mit etwas beschäftigen; drei oder vier Tage waren eine verdammt lange Zeit, und vorher durfte er sich nicht zum Parkplatz des Flughafens wagen, wo er sicherlich einen Wagen mit steckendem Autoschlüssel finden würde. Im Augenblick wimmelte es da unten bestimmt von Polizei.

Aber nach einer gewissen Zeit würden sie die Fahndung einstellen. Er brauchte nur zu warten. Er besaß keinerlei Nahrungsmittel, aber bei dem milden Wetter kann es ein Mensch, wenn er sich nicht anstrengen muß, lange Zeit ohne Nahrung aushalten, und das Wasserproblem löste ein kleines Bächlein.

Sein Körper schmerzte und war steif, aber auch das würde vergehen. Einige der tieferen Kratzer an den Beinen konnten unangenehm werden, doch das ließ sich nicht ändern. Vermutlich würde er noch lange Zeit von den Kaktusgruppen träumen, in die er im Finstern hineingestolpert war, und laut schreiend erwachen. Er hatte einmal gelesen, daß die Apachen ihre Opfer nackt auszuziehen und mitten in ein Kaktusfeld zu werfen pflegten, aus dem sie sich dann selbst befreien mußten. Welch ein Spaß! Damit war er wieder bei Johnny Ortiz, der einen solchen Anblick wohl auch genießen würde.

Harper zwang sich, Ortiz zu vergessen. Auch Cassie Enright und Walter Wilson. Grübeln führt nur zu hilfloser Wut, und die konnte sich ein Mann in seiner Lage nicht leisten. Denk lieber an die Pluspunkte, befahl er sich.

Er lebte noch, das war die Hauptsache. Er war frei und nicht einmal ernsthaft verletzt. Er besaß seinen Revolver. Er hatte zwar das Geld eingebüßt, sich mit dem Verlust aber abgefunden. In dieser Umgebung und in seiner Situation verlor Geld an Wert. Geld konnte er sich wieder beschaffen. Er mußte nur einige Tage warten, ehe er sich zurück in die Zivilisation wagen durfte.

Der Wind jaulte unangenehm, aber das ließ sich ertragen. Hier in dieser verlassenen Geisterstadt, von der er einmal gelesen und die er seinerzeit aus reiner Neugier aufgesucht hatte, durfte er sich sicher fühlen. Dieser Umstand tröstete ihn.

Während er sich noch mit diesem angenehmen Gedanken beschäftigte, sah er den Kombi über die Hügelkuppe kommen und anhalten. Johnny Ortiz stieg aus. Er hielt ein Gewehr in der Hand.

Tony stieg auf der anderen Seite aus. Auch er trug ein Gewehr in der Hand und eine Pistole am Gürtel. Er sah sich unter den leeren Behausungen um, deren tote Fensterhöhlen ihn angrinsten wie die Löcher in einem Totenschädel. Die Wildnis begann schon, die Stadt zurückzuerobern. Der Wind jagte in der Straße feinen Staub auf.

»Genauso habe ich sie in Erinnerung«, bemerkte Tony. »Anheimelnd, wie?« Für einen Flüchtling mochte die Geisterstadt natürlich der rettende Hafen sein. Bis wir kommen! Er spürte, daß Johnny wieder einmal recht behalten würde.

Johnny beschrieb einen Kreis, den Blick auf den Dreck der Straße gerichtet. Der Wind hatte die meisten Spuren verweht, aber es hatte wenigstens nicht geregnet. Er fand die Fährte an mehreren Stellen wieder und folgte ihr gebückt. Es waren die Abdrücke eines Mannes am Rande der totalen Erschöpfung, mit einem Kaktusstachel am Sohlenrand, der bei jedem Schritt einen feinen Strich zog. Harper.

Johnny richtete sich auf und ließ den Blick über die Häuser schweifen. »Harper!« rief er. »Wir wissen, daß Sie da sind! Kommen Sie heraus, sonst hole ich Sie!«

Das grenzt an Zauberei, dachte Harper. Allein dieser Gedanke rüttelte an seinem Selbstbewußtsein. Er hatte Johnny beobachtet, wie er, schnüffelnd und gleich einem guten Jagdhund, im Kreis gegangen war und die Fährte aufgenommen hatte. Seine Fährte. Davon hatte Harper zwar schon gelesen, aber nie so recht geglaubt, daß es Menschen gab, die eine Spur so lesen konnten wie andere ihre Morgenzeitung.

Aber Ortiz konnte es. Trotzdem: Wie war er ausgerechnet hierher gekommen? Dieser Gedanke setzte ihm zu. Er konnte nicht wissen, daß er bei seiner Flucht im Dunkeln einen Pfad hinterlassen hatte, der so deutlich zu sehen war wie eine Autostraße, nur viel gewundener. Johnny hatte mit seinem Kombi unterwegs nur dreimal angehalten, um sich zu vergewissern, daß die Richtung noch stimmte.

»Harper!« dröhnte wieder Johnnys Stimme. »Noch zehn Sekunden! Keine mehr.« Er sah in keinem der Häuser einen Umriß, der ein Mann sein konnte, aber sicherlich verhielt sich Harper vollkommen regungslos. Verstecken kann er sich, das muß man ihm lassen.

Tony sagte leise: »Amigo. Haus für Haus?« Bitter, aber wie sollte man sonst vorgehen?

»Nimm du die Rückseite«, sagte Johnny. »Dann siehst du ihn deutlich, wenn er herauskommt. Ich bleibe vorn.« Er erhob die Stimme: »Harper, Ihre Zeit ist abgelaufen!«

Mit schußbereitem Gewehr rannte er im Zickzack auf das nächste Haus zu.

Harper sah den anderen, den Größeren, verschwinden und schloß daraus ganz richtig, daß er die Rückseite der Häuserreihe absuchen wollte. Um so besser! Sein Selbstvertrauen kehrte zurück. Vorsichtig trat er einen Schritt vor und sah Johnnys geduckte Gestalt, die im toten Winkel an der Hausecke verschwand.

Immer mit der Ruhe! sagte sich Harper. Laß ihn nur kommen, dann bist du mit dem Revolver gegenüber seinem Gewehr im Vorteil. Das unerwartete Auftauchen des Kombi brauchte nicht auf übernatürliche Kräfte zurückzuführen sein. Wahrscheinlich hatten sie zuvor überall vergebens gesucht. Oder sie hatten einfach geraten. Wichtig war nur, daß er, ein kluger, gebildeter Mann, hier gegen zwei beschränkte Kleinstadtpolizisten stand; wie das ausgehen mußte, war kaum anzuzweifeln. Jetzt kam es drauf an! Er konzentrierte sich ganz auf die Türöffnung, in der Johnny Ortiz erscheinen mußte.

Vorn an der Veranda hörte er ein Geräusch. Es wiederholte sich nicht, und Harper fiel zu spät ein, daß ein Mensch eigentlich hätte einen Schatten werfen müssen. Das bedeutete ...

»Hier bin ich«, sagte Johnnys Stimme.

Harper fuhr herum. Der Gewehrlauf ragte durch ein Seitenfenster herein. Er rührte sich nicht, und dahinter starrten die dunklen Indianeraugen dieses Polizisten Harper fast hoffnungsvoll an.

Harper floh. Geduckt rannte er auf die Straße hinaus, auf das Ende der Häuserreihe zu.

Johnny trabte um die Hausecke. Er ließ sich Zeit, als er den Flüchtenden sah, spreizte die Beine und nahm das Gewehr ruhig an die Schulter. Er hatte Harpers Rücken voll im Visier, sein Zeigefinger spannte sich um den Abzug. Ein sauberer Fangschuß, der den Fall ein für allemal klärte. Warum das Zögern?

Die Antwort hieß Cassie. Johnny senkte den Lauf und zielte auf die Beine. Ein einziger Schuß hallte zwischen den Häusern. Der Flüchtende fiel aufs Gesicht. Er stieß einen Schrei aus, die Waffe flog in weitem Bogen aus seiner Hand. Johnny näherte sich ihm mit schußbereitem Gewehr, aber der zweite Schuß erübrigte sich.

Tony kam angelaufen. Er sah auf Harper herab, der am Boden saß und versuchte, mit der Hose das Bein abzubinden.

»Ein schlechter Schuß, Amigo«, sagte Tony.

Johnny nickte. »Ja, ein schlechter Schuß.« Das war alles.

In Cassies Haus brannte Licht. Johnny parkte den Kombi hinter ihrem Wagen und ging die Stufen zur Tür hinauf. Er klopfte und wartete, bis sie ihm öffnete.

»Dürfen wir hereinkommen?« fragte er.

»Wir?« Das glatte braune Gesicht zeigte Erstaunen.

Johnny hob die Hände. Dazwischen zappelte ein langhaariger, dicker Welpe. Die rosa Zunge hing ihm unglaublich weit heraus, und der Schwanz hatte eine schwarze Spitze. »Wir«, wiederholte Johnny und beobachtete mit zunehmender Spannung Cassies Zaudern.

Dann war alle Spannung weg. Plötzlich leuchteten ihre Augen. Sie nickte und gab den Weg frei. »Willkommen«, sagte sie. »Alle beide.« Klar, daß sie den Tränen nahe war. »Immer«, fügte sie leise hinzu.

Nachwort

Sonny und Betty March winkten Johnny auf der Plaza zu. Er hielt an.

»Eine Party«, sagte Betty. »Sie sind eingeladen, Lieutenant, und die nette Dr. Enright selbstverständlich auch. Ich bin ja so froh! Dieser schreckliche Mr. Ross ist fort, und wir haben wieder unseren Bungalow A, in dem wir immer wohnen . . .«

»Ich hab' dir doch gesagt, es ist nur für ein paar Tage«, sagte Sonny und schien erleichtert zu sein.

»Du hast nichts daran getan«, sagte Betty. »Ich weiß nicht, was der Abgeordnete Hawley und Ben Hart zu diesem Ross gesagt haben, aber jedenfalls sind sie noch am selben Nachmittag abgereist – er, seine Frau, seine Tochter und die beiden Gäste.« Betty lächelte. »Sie waren übrigens ganz niedlich, die beiden.«

»Aha«, sagte Johnny.

Weil er immer für Klarheit war, hielt er am Büro des Abgeordneten und ließ sich zu einem Glas von seinem ausgezeichneten Bourbon einladen. Mark Hawley sagte: »Sie wissen ja, mein Sohn, wie das manchmal so geht. Ben und ich haben Ross nur einen ganz freundschaftlichen Besuch abgestattet, aber vielleicht hat er ihn falsch aufgefaßt.« Er lächelte und sah wieder aus wie ein Krokodil im seichten Wasser.

Johnny überlegte. An ein Mißverständnis glaubte er nicht, aber er sah ein, daß Ross den Besuch der beiden Alten ernstgenommen hatte – nach allem, was Johnny ihm bereits über das gesagt hatte, was die Polizei bereits wußte.

»Trinken Sie noch einen Schluck«, forderte ihn Hawley auf und rückte ihm die Flasche näher. »Sie wissen ja, was für ein ungehobelter Klotz dieser Ben ist. Noch dazu hatte er sein Gewehr dabei. Wir wollten auf die Fuchsjagd, erklärte er Ross.«

»Wir«, wiederholte Johnny.

»Nun ja«, sagte der Abgeordnete. »Ich hatte auch ein Gewehr mit. Sie wissen ja, wie das so ist, mein Sohn. Manchmal schießt man Füchse besser zu zweit.«

»Verstehe«, sagte Johnny.

»Wir sagten Ross, wir seien vorbeigekommen, weil wir erfahren hätten, daß an Bens Ranch angrenzend fünfundzwanzig große Parzellen zu verkaufen seien, und daß wir uns bemühen wollten, das Land mit Hilfe einer hiesigen Finanzgruppe zu kaufen. Damit es sozusagen in der Familie bleibt, verstehen Sie?« Er lächelte wieder. »Wenn Leute aus der Stadt kommen, erklärten wir ihm, und Grundstücke unbesehen kauften, dann ergäben sich zuweilen Probleme, mit denen sie nicht fertigwerden könnten.«

»Aber Sie schon«, sagte Johnny mit ausdrucksloser Stimme.

»Mein Junge«, sagte Mark Hawley. »Ben und ich sind schon sehr lange hier in der Gegend. Es gibt kaum ein Problem, mit dem wir uns nicht schon einmal herumgeschlagen hätten.« Er machte eine Pause und lächelte. »Die Zeiten ändern sich, vergessen Sie das nicht. Aber manchmal helfen immer noch die guten alten Hausmittel. Noch einen kleinen Schluck?«

ENDE

Patricia McGerr
Das Mal an der Schulter

160 Seiten. Band 4071. DM 3.–

Susan Wills hat den Mann, der sie auf ihrer Europareise bedrängt, mit Sicherheit nie zuvor gesehen. Doch er behauptet, Susan sei seine Frau! Als er ihr immer mehr Einzelheiten aus ihrem Leben schildert, die kein Außenstehender erfahren konnte, beginnt Susan an ihrem Verstand zu zweifeln. Und dann kommt sie hinter seinen teuflischen Plan . . .

The Gordons
Die Nacht vor der Hochzeit

208 Seiten. Band 4072. DM 3.–

Voller Vorfreude auf ihre baldige Hochzeit will die Sekretärin Gail Rogers in ihrem Wagen nach Hause fahren. Da überfällt sie ein Fremder, der ihr auf dem Rücksitz aufgelauert hatte! Das junge Mädchen ist ein gefügiges Werkzeug für die verbrecherischen Pläne des Unbekannten. Ihr bleibt keine andere Wahl . . .

Louis Charbonneau
Poker mit gezinkten Karten

160 Seiten. Band 4073. DM 3.–

Eigentlich stand Carl Davenport gar nicht so viel im Weg, um die erregende Jean Fleming besitzen zu können. Nur das Komma auf seinem Konto hätte viel weiter rechts sein müssen . . . Die Lösung seines Problems war gar nicht so schwer – vorausgesetzt, es machte Carl nichts aus, mit Jeans Komplicen in eine größere Sache einzusteigen.

Goldmann rote KRIMI

J. B. Priestley
Sex auf Spesen

160 Seiten. Band 4074. DM 3.–

Noreen Wilks, ein leichtsinniges junges Mädchen, schwebt in höchster Lebensgefahr. Wenn sie sich nicht bei ihrem Arzt Dr. Salt meldet, ist sie verloren. Dann verschwindet der Buchhändler Culworth, und Dr. Salt vermutet eine Querverbindung zu Noreen. Denn jemand will verhindern, daß man nach Noreens Aufenthalt Fragen stellt ...

John Paddy Carstairs
Der Nachmittag eines Mörders

160 Seiten. Band 4075. DM 3.–

Nichts lief so, wie es sich der bekannte Schriftsteller Garway Trenton vorgestellt hatte. Seine Freundin war bei Nacht und Nebel mit einem Cowboy-Darsteller durchgebrannt. Und er selbst folgte einer neuen Flamme nach Korsika, wo ihn Freunde, Schmuggler, Künstler und – ein Mörder erwarteten.

Ben Healey
Eine Handvoll Lilien

160 Seiten. Band 4076. DM 3.–

Paul Headley, Kunstmaler und Privatdetektiv wider Willen, besucht seine alte Freundin Madame Saillens in ihrer Villa an der Côte d'Azur. Diesmal bereitet sie ihm allerdings einen sehr sonderbaren Empfang. Als Headley bei der Villa ankommt, ist Madame gerade damit beschäftigt, einen Toten in ihren Rolls Royce zu verfrachten ...

WILHELM GOLDMANN VERLAG MÜNCHEN

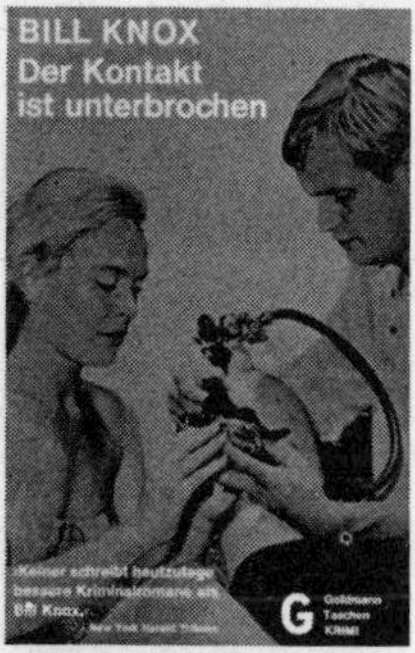

Bill Knox
Der Kontakt ist unterbrochen

160 Seiten. Band 4077. DM 3.–

Der Fischereischutzkreuzer ›Marlin‹ soll ein Forschungsschiff in Nordschottland in seine Obhut übernehmen. Als Webb Carrick, der Erste Offizier der ›Marlin‹, an Deck kommt, ist das Boot führerlos. Der Kapitän und der wissenschaftliche Leiter des Unternehmens sind tot – und gegen einen Unglücksfall sprechen manche Indizien . . .

Edgar Bohle
Der zweite Tod der Mrs. Holm

240 Seiten. Band 4078. DM 3.–

Ein einziger Telefonanruf, und der Industrielle Charles Holm ist erledigt. Am anderen Ende der Leitung meldet sich Della, seine totgeglaubte erste Frau! Jetzt ist seine glückliche zweite Ehe null und nichtig. Und schon ein paar Stunden später wird Della in einem Hotel ermordet aufgefunden . . .

Jean Potts
Die Kette ist zerrissen

160 Seiten. Band 4080. DM 3.–

Er lag auf den Treppen zur Kirche – ermordet mit seinem eigenen Spazierstock. Alle fünf leugneten, den Toten gekannt zu haben – und doch wurde er bedeutsam für ihr Leben: Für die hübsche Doris und ihren eifersüchtigen Ex-Gatten Val Bryant, für ihren Bruder Clyde und dessen geschiedene Frau und – für Doris' Töchterchen, die kleine Annabelle . . .

Joan Fleming
Kleine Fische sterben stumm

160 Seiten. Band 4081. DM 3.–

Tom Warrington hat sein Studium beendet und fährt mit einem Freund zu seinem Vater nach Portugal. Der alte Warrington lebt dort in einer luxuriösen Villa seinem einzigen Hobby: Er sammelt schöne Frauen. Diesmal ist es eine Abenteuerin aus Deutschland. Und Tom ist kaum angekommen, da findet man das Mädchen – ermordet . . .

John Paddy Carstairs
MP in zarten Fingern

160 Seiten. Band 4082. DM 3.–

Der Schriftsteller Garway Trenton wird nach Hollywood gerufen. Und Maybelle, seine hübsche Sekretärin, begleitet ihn dorthin. Mitgefangen – mitgehangen. Trenton wird verdächtigt, einen Kollegen ermordet zu haben, und auch Maybelle bleibt nicht ungeschoren . . .

Hartley Howard
Hotel mit Sterbezimmer

160 Seiten. Band 4083. DM 3.–

Glenn Bowman soll die Identität eines Mannes feststellen, der in einem Hotel in Carlsville ermordet wurde. Auf Zimmer 37. Und der New Yorker Privatdetektiv mietet sich in dem Hotel ein. Auf Zimmer 37. Bis ein zweiter Mord geschieht. In Carlsville. Im selben Hotel. Auf Zimmer 37.

Reginald Hill
Eine Gasse für den Tod

160 Seiten. Band 4070. DM 3.–

Er war der Held der Rugbymannschaft, und alle nannten ihn nur Connie. Bei einem Match wurde er schon in der ersten Halbzeit verletzt und ging nach Hause. Im Wohnzimmer saß Mary, seine Frau, beim Fernsehen und ließ sich nicht stören. Stunden später stellte Connie fest, daß Mary noch immer vor dem Bildschirm saß. Kein Wunder – denn sie war tot!

Thomas B. Dewey
Die 8 mm-Party

160 Seiten. Band 4084. DM 3.–

Mac, der Privatdetektiv aus Chicago, verlegt sein Büro nach Los Angeles. Und prompt hat sein erster Fall mit der Traumfabrik Hollywood zu tun. Genau gesagt, mit einem Star, der in den sechziger Jahren ums Leben kam. Mac findet die Diva in ihrem Bett erdrosselt – aber nicht vor knapp zehn Jahren, sondern vor höchstens zehn Minuten ...

Julian Symons
Roulett der Träume

224 Seiten. Band 4086. DM 3.–

Tony Jones träumt vom großen Glück – er träumt davon, sich aus dem Kuchen des Lebens ein dickes Stück herauszuschneiden. Die Wirklichkeit sieht anders aus: Seinen Beteuerungen, den Mann seiner Freundin nicht erschlagen zu haben, schenkt man wenig Glauben. Tonys Träume verdichten sich zu einem Alptraum, aus dem es kein Erwachen gibt ...

Jean Potts
Die Frau des Partners

160 Seiten. Band 4087. DM 3.–

Jim Singley kommt nach fünf Jahren Gefängnis wieder in die US-Kleinstadt Athena zurück. Heim zu seiner Frau, die ihn haßt. Zu seinem Sohn, der den Vater nur als Mörder kennt. Aber wenn er wirklich am Tod seines Partners schuld war – warum kommt Singley dann überhaupt nach Athena zurück?

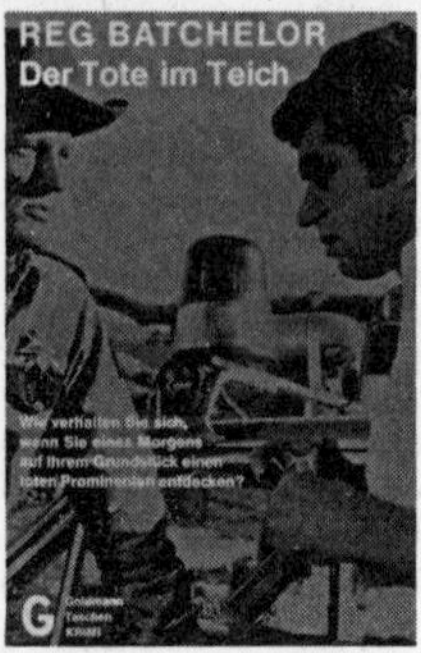

Reg Batchelor
Der Tote im Teich

160 Seiten. Band 4088. DM 3.–

Für Fred Crandal begann das Schlamassel, als er eines Morgens mitten in einem Grundstück einen Toten entdeckte – den Finanzmann Carl Chalmers. Ein klarer Fall – dachte die Polizei und verhaftete Fred Crandal. Die Indizien gegen ihn passen zusammen – fast zu gut, findet selbst der Kriminalsergeant Fenwich . . .

Janet G. Vermandel
Diner mit dem Teufel

160 Seiten. Band 4089. DM 3.–

Liane Brock war das berühmteste Fotomodell von Montreal. War – denn eines Tages wird sie tot aufgefunden. Erschlagen mit einem Feuerhaken. Ein schwerer Verlust für die Modellagentur der energischen Mrs. Halsted. Vor allem, als sich zeigt, daß Liane nicht nur aus geschäftlichem Interesse mit den Halsteds in Verbindung stand . . .

Goldmann rote KRIMI

Brett Halliday
Tod kennt keine Halbzeit

160 Seiten. Band 4090. DM 3.–

Ronnie James, der berühmte Footballspieler, liegt im Todeskampf. Heißt es in der Presse. Mike Shayne, der Privatdetektiv, findet den Superstar im Krankenhaus: fröhlich, munter und in Gesellschaft einer hinreißend blonden Schwester. Aber Ronnie will im Krankenhaus bleiben. Er hat Angst vor einer ganzen Stadt voller Mörder ...

Harry Carmichael
Etwas bitter im Geschmack

160 Seiten. Band 4091. DM 3.–

Bei einer feuchtfröhlichen Party wird der Kriminalreporter Quinn von Carole Stewart, einer reizvollen jungen Dame, zum Wochenende in die Grafschaft Dorset eingeladen. Aber Caroles Freunde erweisen sich als sehr seltsame Leute. Und Quinn ist kaum angekommen, da findet man die Gastgeberin ermordet auf ...

Joyce Porter
Schwere Jungs und zähe Jungfern

160 Seiten. Band 4092. DM 3.–

Die ›Hon Con‹, wie ihre Freunde sie nennen, ist wirklich eine ungewöhnliche alte Jungfer. Und manche halten sie für übergeschnappt, als sie ein Beratungsbüro eröffnet. Doch selbst die Hon Con ahnt nicht, daß ihre erste Beratung in der Aufklärung eines Mordfalles besteht. Aber zum Umkehren ist es jetzt zu spät ...

WILHELM GOLDMANN VERLAG MÜNCHEN

Elizabeth Linington
Es ist noch kein Mörder vom Himmel gefallen
128 Seiten. Band 4093. DM 3.–

»Hat diese Corbett vorher vielleicht Unterwäsche vermißt?« fragte Feinman.
»Genau – wie kommen Sie darauf? Am letzten Freitag, von der Wäscheleine ...«
»Also ist es doch derselbe«, stellte Kriminalsergeant Maddox fest. »Vergewaltigung mit Vorsatz – das ist wirklich mal was Neues!«

Brett Halliday
Die Nacht mit Nora
128 Seiten. Band 4094. DM 3.–

Wer ist diese Frau? Was macht sie um zwei Uhr morgens in seinem Zimmer? Woher hat sie den Schlüssel?
Fragen, die sich der Privatdetektiv Mike Shayne stellt, als er die unbekannte Schöne beobachtet, die gerade dabei ist, ins Bett zu gehen. In sein Bett, wohlgemerkt!

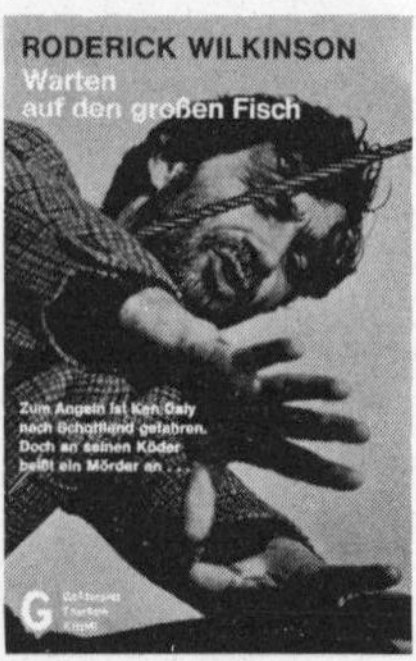

Roderick Wilkinson
Warten auf den großen Fisch
176 Seiten. Band 4095. DM 3.–

Der Geologe James Collinson, kürzlich zu einem Heimaturlaub nach Schottland zurückgekehrt, wird tot in einer Schlucht aufgefunden. Sein Freund, der Gutsherr Oberst Rose, glaubt nicht an einen Unfall. Er bittet den Londoner Privatdetektiv Ken Daly, Collinsons Mörder zu finden. Und Daly stellt dem ›großen Fisch‹ eine Falle ...

Jean Potts
Seitensprung mit Todesfolge
128 Seiten. Band 4097. DM 3.—

Kirk Bannings New Yorker Werbeagentur steckt in finanziellen Schwierigkeiten – Banning selbst in familiären: Seine Freundin will ihn verlassen. Und Hilda, seine Frau, hat von der ganzen Affäre keinen Schimmer! Da stirbt Banning an einem Herzanfall. Und ein zweiter Todesfall bestätigt, daß Kirk Banning – ermordet wurde . . .

Julian Symons
Entscheidung im Kreuzverhör
160 Seiten. Band 4098. DM 3.–

In Mayfair wird ein Mädchen ermordet aufgefunden. Sie war Schauspielerin und Fotomodell – aber war sie in Wirklichkeit nicht noch etwas anderes, weniger ehrenwertes? Man konnte es vermuten, nach dem Aufsehen, das ihr Tod bei den netten Leuten der Vorortsiedlung ›The Dell‹ verursachte – vor allem bei den Herren, versteht sich . . .

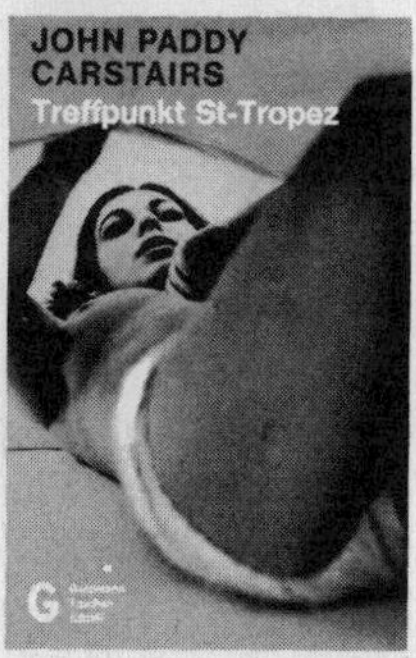

John Paddy Carstairs
Treffpunkt St. Tropez
160 Seiten. Band 4099. DM 3.–

Als er sie an der Straße nach Sainte-Maxime stehen sah, dachte der englische Bestsellerautor Garway Trenton: ›Was für ein hübsches Ding . . .‹ Bald darauf wurde ihm klar, das ›hübsche Ding‹ war mindestens so gefährlich wie hübsch. Aber noch immer rechnete er nicht mit ihrer gefährlichsten Waffe: ihrer Raffinesse . . .

WILHELM GOLDMANN VERLAG MÜNCHEN

Sara Woods
Mildernde Umstände
160 Seiten. Band 4100. DM 3.–

Der siebzehnjährige Joe Hartley hat seinen Pflegevater erschlagen. Darüber gibt es keinen Zweifel.
Sein Verteidiger, der Londoner Rechtsanwalt Antony Maitland, will wissen, warum der Junge die Bluttat beging. Und als er mit seinen Nachforschungen beginnt, merkt er bald, daß irgend jemand das mit allen Mitteln verhindern will . . .

Scott Mitchell
Der Boß liebt keine Extratour
160 Seiten. Band 4101. DM 3.–

Ein Hippie ist der Polizei stets als Mörder willkommen. Vor allem, wenn es sich um den verwöhnten Sohn eines Millionärs handelt, der ihrer Ansicht nach die Jacht seines Vaters in die Luft gesprengt hat. Privatdetektiv Brock Devlin hält nichts von dieser Theorie. Und als er den Fall näher in Augenschein nimmt, stößt er auf eine ganz andere Spur . . .

Herbert Reinecker
11 Uhr 20
160 Seiten. Band 4102. DM 3.–

Jahrelang lebte Thomas Wassem getrennt von seiner Frau. Jetzt besucht Maria ihn in Istanbul, um die in Brüche gehende Ehe zu kitten. Doch bevor es zu einer Aussprache kommt, überstürzen sich die unheilvollen Ereignisse. In Wassems Auto sitzt plötzlich ein Toter! Und als die Wassems die Leiche loswerden wollen, stürzt der Wagen ins Meer. Maria kommt ums Leben . . .

Goldmann rote KRIMI

Brett Halliday
Nichts als Tatsachen
160 Seiten. Band 4103. DM 3.—

›Sehr geehrter Mr. Shayne, beiliegend 1000 Dollar. Wenn mir heute abend etwas zustoßen sollte, ist das Ihr Honorar für die Festnahme meines Mörders; er heißt . . .‹
Im Brief stand der Name, klar und deutlich. Also kein Problem für den Privatdetektiv? Es gab aber vier Briefe, und damit auch vier Mörder zur Auswahl!

Julian Symons
Der Kreis wird enger
160 Seiten. Band 4104. DM 3.–

Tagaus, tagein hat David Nelson mit raffinierten Mordfällen zu tun: Er ist Redakteur in einem Krimiverlag in London. Und dann geht er doch prompt selbst in die Falle. Sein Konkurrent wird ermordet, und Davids Alibi steht auf sehr wackligen Beinen. Vor allem, als sich herausstellt, daß der Ermordete mit Davids Frau in allzu enger Verbindung stand . . .

John Paddy Carstairs
Gardenien verwelken schnell
160 Seiten. Band 4105. DM 3.–

Der Bestsellerautor Garway Trenton will Ferien machen – und wo machen große Autoren Ferien? An der französischen Riviera! Aber kaum ist er angekommen, da stellt man ihm schon nach. Nicht so, wie er es sich wünscht, nein – keine Verehrerinnen. Diesmal machen kaltblütige Mörder Jagd auf Mr. Trenton . . .

WILHELM GOLDMANN VERLAG MÜNCHEN

Hartley Howard
Die ihre Haut zu Markte tragen
160 Seiten. Band 4106. DM 3.–

Ein zwielichtiger Auftrag für den New Yorker Privatdetektiv Glenn Bowman, aber ein lukrativer: Er soll den verschwundenen Geschäftsmann Edwin Hine suchen!
Kurz danach wird die hübsche Sekretärin des Verschwundenen tot aufgefunden – ein Mord, den man Bowman in die Schuhe schieben will . . .

Henry Slesar
Die siebte Maske
128 Seiten. Band 4108. DM 3.–

Walter Haven, ein wohlhabender Mann in reiferen Jahren – Adrienne, seine Frau, jung, hübsch, gelangweilt – und Tom Jerrick, Hausfreund und Kompagnon — die klassische Dreieckskombination? Nicht ganz, denn als Walter tot aufgefunden und Jerrick unter Mordverdacht festgenommen wird, eröffnen sich ganz neue Perspektiven . . .

Gordon Brodie
Sagte jemand Diamanten?
160 Seiten. Band 4109. DM 3.–

Sagt man Rohdiamanten, denkt man an Amsterdam. Und deshalb fällt es dem Privatdetektiv John Borham auch nicht schwer, die Beziehung zwischen einer Diamantenmine auf Neuseeland und dem Tod ihres Entdeckers in Amsterdam herzustellen. Nicht zuletzt, weil dessen hübsche Tochter als ›Hostess‹ bei dem gefährlichen Gangster Jim Acheson arbeitet . . .